岁月静静流过

SUI YUE JING JING LIU GUO

江宗斌 著

四川大学出版社

责任编辑：孙滨蓉
责任校对：黎伟军
封面设计：现当代文化
责任印制：王　炜

图书在版编目(CIP)数据

岁月静静流过 / 江宗斌著. —成都：四川大学出版社，2018.7
ISBN 978-7-5690-2071-7

Ⅰ.①岁… Ⅱ.①江… Ⅲ.①散文集-中国-当代 Ⅳ.①I267

中国版本图书馆 CIP 数据核字（2018）第 156594 号

书名	岁月静静流过
著　　者	江宗斌
出　　版	四川大学出版社
地　　址	成都市一环路南一段24号（610065）
发　　行	四川大学出版社
书　　号	ISBN 978-7-5690-2071-7
印　　刷	成都市天金浩印务有限公司
成品尺寸	165 mm×240 mm
印　　张	10.75
字　　数	181 千字
版　　次	2018 年 10 月第 1 版
印　　次	2018 年 10 月第 1 次印刷
定　　价	56.00 元

◆读者邮购本书，请与本社发行科联系。
电话：(028)85408408/(028)85401670/(028)85408023　邮政编码：610065
◆本社图书如有印装质量问题，请寄回出版社调换。
◆网址：http://press.scu.edu.cn

◆版权所有◆侵权必究

写作如同作茧自缚（代序）

  最好的作品永远都是没有写出的那一篇。诚哉斯言，痛哉斯言。文章呱呱坠地之前，在心里，它是了无瑕疵的：开头如何委婉曲折，布局如何错落有致，收束如何余音袅袅，立意怎样推进升华，遣词怎样务去陈言……可是一下笔，全完了，变形、扭曲、走样、失神。譬如十月怀胎的慈母，一朝生下个丑儿怪胎，心中愿景破坏殆尽，岂不令人神伤？

  东坡曾面带矜色地说："吾文常行于所当行，止于所当止。"从容自若任意挥洒，偏又能言尽意止，酣畅淋漓，没有一丝遗憾，怎不羡煞人也么哥？正如庄子笔下的那位神刀丁先生，解牛之后，得鱼忘筌之情踌躇满志之意，实令我辈赧颜，如何还敢轻言动笔为文？

  再读前贤时俊之文，或纵横捭阖，黄钟大吕之声盈耳；或空灵跳脱，乡野之风扑面；或层层析理，笔锋到处所向披靡；或缓缓抒情，字里行间潜蕴歌哭……正如探访不同的风景名胜，令人击节咂舌。反观自己的搜肠刮肚之作，自惭之情陡生，甚而几至于焚毁殆尽，以免留下文字垃圾，污人耳目。

  其实，自己在文字里游走穿行数十载，如今岁月的零星小雪已悄染双鬓，但细心盘点，于写作，仍不得其门。其一，丰富的想象力与我绝缘。做人需老实，为文则尤要机智，倘如老牛拉破车，何足道哉？每读到别人神仙似的奇思妙想，总恨自己先天不足，不具慧根。其二，深厚的学术素养与我相去甚远。文如树木，素养是大地，树木要参天耸立，大地就得丰腴膏饶。贫瘠之处虽不乏顽强的生命，为数毕竟少。其三，生活的情趣实在严重匮乏。情趣正如叶上的光泽、花朵上的水珠，如或缺失，则一株花木了无生机，焉能入人法眼？其四，天纵之才距我尤其遥远。我以为写文章虽是辛苦活，若无天分，则出力不讨好。以煮字疗饥为愿望者必得具备先天禀赋。构思不落窠臼，行文不拖沓板滞，词语句子不肯有丝毫苟且，如是，则其文方能与日月争光。方家有云："文章有文艺则可，有文艺腔则必拒人千里。"文艺腔随处可闻，文艺的雪泥鸿爪却于何处寻觅？无天分就无那双火眼金睛。以上缺憾恰如四下里的伏兵，任我东奔西突，总也冲不出包围圈。曾经燃烧的心日久生尘，握笔之手亦疏懒僵硬。

然而就此与年轻时的梦想永别吗？心犹不甘。转念又想，高手为文以娱人，有奇文共欣赏固是天下美事一桩，人家高妙的手指拨响了心弦，叩动了读者的心扉，和谐共鸣，其乐融融。愚钝如我呢？不以娱人为旨，专以自娱为要，或许未为不可。

写羞于见人之文，免得让人陪着自己尴尬。今日小文，异日读之，或会心一笑，或扼腕一叹，足矣。至于化为袅袅升腾的青烟，是让人神清气爽还是让人蹙眉反胃，何暇顾及？

作茧自缚怪得了谁？自惹的！

目录 CONTENTS

草木六帖 …………………………………… 1
南方下雨，北方下雪 ……………………… 5
换　刀 ……………………………………… 7
表　情 ……………………………………… 9
喜　鹊 ……………………………………… 11
叫醒疼痛 …………………………………… 13
独自漫步 …………………………………… 15
移花记 ……………………………………… 17
抬头看天 …………………………………… 19
裸　村 ……………………………………… 21
鼓浪屿纪行 ………………………………… 23
井冈山的早晨 ……………………………… 25
北京的花事 ………………………………… 27
夜空，夜空 ………………………………… 29
浇愁的闷酒与香脆的花生米 ……………… 31
槐花的几种吃法 …………………………… 33
绝版的羞涩 ………………………………… 35
理　发 ……………………………………… 37
每当听到这首歌 …………………………… 39
我的心一次次高高悬起 …………………… 41

梦里水乡	43
种菜杂感	45
冬日颓园	48
对一幅画的解读	50
葛藤之思	52
黑　脸	53
快乐有毒	54
崇尚速度的李白	56
暗　器	58
表情是写在脸上的诗行	60
古典的月色	61
蓦然回首	63
第一条新裤子	65
卧榻之侧	67
杏儿永远十九岁	68
你　说	70
小村的变迁	71
回　家	74
菩萨重因，凡夫重果	76
坏习惯到底有多坏	78
到底谁是谁的噩梦？	80
大话"熟人"	82
跑：进取与退守的策略	84
欺负老实人	86
说"跑"	88
向蚊子学习	90
良知岂由天注定？	91
把心灵安顿好	93
值得毕生恪守的《论语》金句十三则	99
子不语	102
孔子的幽默	104

良好的表达需要口舌与眼睛合作 …………………………… 106
以自然为师 …………………………………………………… 108
批评与宽容的界限 …………………………………………… 110
教育，《论语》不能缺席 …………………………………… 113
知其不可而为之 ……………………………………………… 116
说还是不说，这是个问题 …………………………………… 118
最早的边塞诗 ………………………………………………… 121
忧郁的歌者 …………………………………………………… 123
高手的境界 …………………………………………………… 126
比永远更远的遗憾 …………………………………………… 128
射向暗夜的响箭 ……………………………………………… 132
有些爱情像中蛊 ……………………………………………… 135
当前诗歌的特点及走向 ……………………………………… 138
好诗的标准 …………………………………………………… 142
这样的家长能教出什么样的孩子？ ………………………… 144
孩子，你为什么要逃避学习？ ……………………………… 147
孩子，我为什么打你？ ……………………………………… 149
我是教师，我忏悔 …………………………………………… 151
批评须经过思想的过滤 ……………………………………… 153
于细微处见真情——《记念刘和珍君》细节描写赏析 …… 156
管营形象初探——《林教头风雪山神庙》人物探微 ……… 158
以陌生化手法避免"套板反应" …………………………… 160

草木六帖

一、草木无言，与阳光月华无声地交流，雨至则轻叩绿叶，点点滴滴心事倾诉；风来则耳语呢喃，丝丝缕缕情愫舒卷。更多时候，它们安静得连内心独白都没有，不聒噪，不诅咒。莎士比亚讥讽人类喋喋不休时辛辣地说："人类呵，除了空洞的喧嚣之外，空无一物。"众生喧哗，大狗小狗都要叫，压抑不住的欲望喷涌而出。唯草木无言，与谁都不争。歌与哭，泪与笑，只有自己知道。

孔夫子主张"讷于言""慎于言"，维特根斯坦告诫我们："凡不可言说者，必保持沉默。"草木传承着圣哲的思想，恪守着"沉默是金"的训条。所以草木落落大方地往那儿一站，不拘田间地头，荒郊野岭，心系一处，静守一生，自成一带风景，装点荒芜的眼睛，拂拭蒙尘的心灵。

没有一棵草木怀抱五彩缤纷的念头，想满世界游走，自惹繁华，身陷红尘。它们心里知道，上苍能为每一个生灵提供的立足之地有限，坚守脚下的这方热土，贫瘠也好，肥沃也罢，无须挑剔，坦然接受，泰然生长。

岁月无限延伸，草木无限枯荣，凄风苦雨，雪刃霜剑，丝毫撼不动它们。

每一株草木恬然伫立于脚下这片土地，从不见异思迁，更不会叛逃私奔。

二、"春风又绿江南岸"，一夜东风，草木竞相吐绿，有性急的，有性缓的，有豪放的，有婉约的，所以绿的程度不同，绿色之中又千差万别，可谓"和而不同"。虽殊途，却同归，每一抹绿表达的都是对生之渴望与礼赞，都是对季节的把握与执着。朱自清先生说"春天是娃娃，从头到脚都是新的"，没错，蓬勃跃动的生命力随处乍现迸射——春深似海，层层叠叠的绿，又荡漾出一朵朵鲜艳亮丽的笑靥。

但我更喜欢深秋的草木。真的是"沧海横流，方显英雄本色"，有怯于阵阵秋风凌寒先凋的，有对抗着西北风抵死苦守的，有坚贞不渝誓死不改其绿的。绿的沉静，黄的艰辛，红的热烈。诚如死神面前的众生相，虽

1

然它们神情各异，心态却都是恬淡的，没有彷徨犹豫，没有割舍不下，更没有呼天抢地。"质本洁来还洁去""赤条条来去无牵挂"。

山道之上，铺满了枯黄的落叶。很快，每一片叶子都会被蒸发掉最后一丝水分，而后锉骨扬灰，无声无形地遁去，就像它们从来不曾来过，从来不曾鲜嫩过。

生命绽放的季节到了，绝不错过稍纵即逝的机会；生命寂灭的时刻来了，更不会纠缠不休，赖着不走。

三、城市到乡村的距离，要用乡愁来丈量。城市的绿色都来自乡村，正如城市的高楼大厦由乡村人建造起来的。可是乡村的绿位移到城市之后，就褪去了乡村的特点。来到城市之后，它们被迫在指定的位置站成方阵，被迫接受剪刀的修饰。

我想这个蜕变过程注定是漫长而痛苦的。因为要强行抹去一段关于故乡、关于亲人、关于乡邻的记忆实在太难了。我看到许多树木刚刚抵达城市，是那么茫然无助，那么手足无措，就像我的小表弟，刚踏上城市坚硬的水泥地时，脸上闪现着恓惶的神情。也许它们耳畔还缠绕着乡村的风，它们的叶片深处还贮存着知了如雨的叫声，它们的躯干上还保留着一双手掌粗糙的温度。但这些已经比梦境还要遥远。它们知道，这辈子再也回不去了，乡村柔软的土地，再也没有它们的立足之地了。于是悲从中来，病从中来，于是我看到它们挂着吊瓶的身影，显得那么彷徨凄凉。

这些吊瓶或许能治疗它们身体的病，但内心的乡愁凝结成的痼疾用什么来疗救？

难怪有些树来到城市不久就枯萎了，再多的吊瓶也挽不回它们的生命。然后在月圆之夜，缕缕魂魄疾行于通往乡村的土路。

我又想起一则往事：一天山中漫步，发现一株栀子花倾情捧出了油绿的叶子和五六个嘟着小嘴的花苞。魔念顿起。我小心地挖出花根，我知道它也会故土难离，就捏了一大团土，满心欢喜地栽下，满心期待地照料呵护。可是叶子渐渐失去光泽，渐渐变黄，而后一片、两片……凋落，那些早就该咧开小嘴露出笑容的花苞也一天天枯黄，最后索性冷漠地垂下头。它拒绝重生，毅然赴死。

人类总以"心安处即是家乡"来慰藉自己，乡村的草木却不能，它们只知道身在乡土才心安，一旦流落他乡，惊恐不安的藤蔓就会爬满心灵的空地。

四、草木知愁，更懂得感恩。白花花的太阳野马一样四下里奔腾时，一片片树荫是对大地的感恩；青黄不接，肚子得不到安慰时，一嘟噜一嘟噜朴素的槐花柳絮榆钱是对人类的感恩。新鲜的蔬菜是对劳动的感恩；丰硕的果实是对季节的感恩。

我在路边收留了一株濒临死亡的花草，植于阳台后，没过多久，叶片已如婴孩的手掌。只是迟迟不见花，心下也懒了。隔了一段，我觉得阳台上有某种变化。啊？层层叶子中，竟钻出一朵硕大的喇叭状的橘红色。那是不是对我无言的感恩呢？

在豆角长到半尺高时，我找来了一些树枝棍棒，为每一棵豆角秧搭好架子。第二天早上，我踏着露珠来探望它们，呵，豆角们抽出了一条条细茎，轻轻地搭在架子上了。真和我心有灵犀。而且，接着捧出了小巧的三角形紫花瓣，接着挂出了一根根长长的豆角，轻风掠过，悄悄撩开这绿色的翡翠帘幕。

面对着一盘清香的豆角，心里蓄满别样的感觉。湘南方言中有一个词："懂味"。什么味？情趣、道理、感恩。草木没有不懂味的。

五、其实，草木是集体主义者。你看，惊蛰之后，所有的草木都开始萌动，轰鸣的春雷或许就是那一声号令，大家都纷纷摩拳擦掌；经过谷雨的滋润，贮存一冬的绿都毫不吝惜地泼洒出来，大家步调一致。当然也有几个性急的，迎春、桃、杏、梨、樱早按捺不住内心澎湃的激情，将黄的红的粉的白的诗涂鸦在春天的册页上。

而过了立秋，草木们知道撤退的时刻即将来到，于是绿装渐变，纷纷收拾行囊准备远行。也许那最早的一场秋雨就是它们统一行动的信号吧。

不管如何，当季节发出讯号时，草木们全都听懂了，它们不折不扣地执行着命令，进退有度，个个俨然都是集体主义的标兵。

该吐绿了，没有谁闹情绪，玩深沉，张扬个性；该开花了，没有谁使性子，搞独立，与众不同。凌晨，它们伸展手掌，承接每一滴鸡鸣似的露珠；正午，它们舒展身体，吸纳每一缕母语般的阳光。

不仅光荣与梦想一起分享，伤痛与灾难也共同担当。

2008年，南方冰雪灾害刚过，我看到千山万壑上，树们都在同一高度上留下相同的伤口——满山满坡同样白森森的伤口，如此触目惊心。

六、汉乐府《十五从军征》中写一位老兵征战多年，回到阔别许久的家。那是怎样的家呀：杂草丛生，野雉乱飞，野兔横行。时间剥落了一切，篡改了一切，包括亲人的面庞，房前屋后的果树、庭院阳台的花草。倒是野草顺着时光的台阶一路疯长。的确，中国古诗的字里行间遍生着野性的花草，怎么也拔除不尽。

"蒹葭苍苍，白露为霜""惟草木之零落兮，恐美人之迟暮""国破山河在，城春草木深""野火烧不尽，春风吹又生""无情最是台城柳，依旧烟笼十里堤""绿槐高柳咽新蝉""河畔青芜堤上柳"……无论水生还是陆生，这些野生的草木生命力太强悍了，栖身于古典诗文，蓬勃葳蕤了一部中国文学史。

"一枝一叶总关情"，这些草木寄托着离别之痛、思念之苦，饱含着脉脉深情、缕缕牵挂，夹杂着兴亡之感、沧桑之叹。倘若这些花草树木集体从古诗中逃亡，诗人们大概就很为难了——便纵有千种风情，更与何人说？

"春草明年绿，王孙归不归？""明年"真的触手可及吗？我看一切都是未知。春草绿与王孙归是合则兼美，离则两伤，让人想起海子先验的悲悯："从明天起，做一个幸福的人。"明天，指望得着吗？

"雨中黄叶树，灯下白头人。""黄叶"对"白头"，悲凉的自然之秋对应惨淡的人生暮年，加上秋雨的浸渍、孤灯的渲染、彻骨的痛与冷！

"一行白雁遥天幕，几点黄花满地秋。"一行大雁融入天际，几点黄花转眼演绎成满地寒秋，真的是"流光容易把人抛，红了樱桃，绿了芭蕉"。流逝的不仅是时间吧，还有斑驳的思念、缠绵的记忆，甚至那张如莲花般开落的容颜。

"衰草枯杨，曾为歌舞场。"草木冷眼旁观，目睹了一段悲欢离合，见证了一则世态炎凉。草木似无情，然而比草木更为冷酷的，是人的心！

南方下雨，北方下雪

雨。网一样细密地罩下来的雨。幼蚕吃桑叶的声音在无边无际地蔓延着。

时钟的嘀嗒声。终于指向了那个令人心碎的时刻，你抬眼，我却故意扭过头，决绝地说："我该走了。"抓起行囊，不容你再说什么。

你默默起身。我知道你的心里一定也下着一场雨，更大，更猛烈。

再看一眼熟睡的孩子，我走进了雨中。

虽然我没有回头，但我清晰地看见你无助无奈的表情。

我又何尝不是？我正是怕这离别的场面太悲凉太凝重，你柔弱的肩承受不起！我在心里沉重地叹息着。

坐在火车上，我呆呆地望着窗外飞逝的树木、山峦、村庄和河流。湿漉漉的，如同一张哭泣的脸。这一别，家的天空上还有和煦的阳光吗？虽则不需三年五载，但毕竟是我们第一次长久地分离。

"何处合成愁，离人心上秋。"你心中岂止是寒秋！

你的短信来了："默默地看着你背起行李走远，我心里突然产生了一种恐惧。想想这没有你的日子该如何面对？一片茫然。天公仿佛更无情，竟飘起了雪花。我在下一场雪里等你回来。"这第一场雪竟没有丝毫浪漫，圣洁轻盈的雪花带给你的却是沉重的离别。

冷。我下意识地裹紧了衣服。

黎明时分，我在南方陌生的城市里下车，踏上这片异乡的土地的刹那，脑子里冒出一句诗："清晨，在陌生的城市里醒来/爱人，我已离你万里。"席慕蓉的抒情直抵心灵。我真想把这句诗读给你听。

雨。相隔千里之遥的两地，天气竟然商量好了，异乡的雨能濯洗我的征尘，涤荡我的离别之苦吗？

初冬的雨中，香樟隐约的气息暧昧地包围着我。穿梭于城市的森林，周围是潮湿的方言和阴冷的普通话，我心里渴望着阳光的照耀，如同你轻抚。

没有我的岁月里，你要保重你自己。或许此刻再听一遍齐秦的老歌是一种刻骨铭心的安慰。

南方的雨更是没完没了，十天八天淅沥不止。我心里深切地怀念一场雪——一场属于北方的豪放大气的雪，覆盖了山川，覆盖了我们的小小院落，但遮不住孩子风铃般的笑声，掩不住你脸上满足的笑容。那个笨笨的雪人，那些雪地上纤细的"个"字形的爪痕……

一个深夜，你发来短信："起风了，门窗似乎总在响，孩子已沉入梦中，可我怎么也睡不着，我怕。枕着你的手臂入眠多好，可这只是奢望。"今夜，我的胸膛已不能再成为你憩息的港湾。

隆冬时节的夜色中，雨还在扯天扯地下着，密集的雨点叩击着窗外的香樟叶。想着你的孤枕难眠，我心里浮起一层雾。"悔教夫婿觅封侯"的唐代女子在骀荡的春风中烂漫的鲜花前鹅黄的嫩柳下独自神伤。你"过尽千帆皆不是"，你"一寸相思一寸灰"，那又如何？人在江湖，身不由己。况且，江湖装满的从来都是妻子长久的守望和丈夫漂泊的疲惫身影。

那夜，院门的响声和你辗转反侧的痛苦神情一直完整而清晰地出现在梦里。

有人满怀豪情地宣布：青春是用来挥霍的。那么夜晚呢？该是离人用来心甘情愿地承受相思的煎熬的吧。绵绵不尽的夜晚将一重又一重相思叠加复堆积，滋生出彻骨的痛渗透到心灵的每一个角落，谁又能逃遁呢？如同这南方看不到尽头的雨，如同那北方横无际涯的雪。思念是一种病，真的，一种不可救药的绝症！

于是我决定在雨的间隙里回去一趟，扑进北方的一场大雪中。我知道纷纷扬扬的雪中有你的红围巾和孩子那冻得通红的小脸。

"火车快开，别让我等待。火车快开，请你赶快，送我到远方家乡爱人的身旁。"坐在风驰电掣的列车上，看着雨中的水村山郭匆匆后退，听着铁轨与车轮的摩擦声，心里就回旋起这首少年时就痴迷的老歌。男性曾经沧海的沙哑嗓音，深秋的河流一样的旋律，朴实无华的歌词，将我此刻对你的思念恰到好处地演绎出来。我在心里无数次呼唤：

等着我，我从南方的雨中回来了！

换　刀

其实乡愁不是虚无缥缈的，它应该寄生于一种具体的事物或过程。比如明月，从古至今都是乡愁的象征。而对于长期以他乡为故乡的我而言，对故乡的怀念常常氤氲在一缕缕热气腾腾的丸子汤的香味中。

鸽子蛋大小的清真牛肉丸子，浓酽的高汤、红艳的辣椒、青翠的葱花和芫荽，盛在粗瓷的大海碗里，往长条桌上一摆，鼻翼里，唇齿间，心空上，便弥散着无法抗拒的饕餮欲望。一个丸子入口，一口浓汤下肚，齿缝舌尖里便缠绵着一种暖香，全身沉睡的细胞仿佛被神奇地唤醒了。

惜乎，这种味觉享受已如广陵散绝——那个终年戴着白帽的回族老人已作古。

还有一样横在心里放不下的就是洗澡。都说南方人爱干净，天天冲凉，可我总觉得这种不彻底的洗法如同蜻蜓点水，而且洗得越频繁，越让人怀念北方那种脱胎换骨似的洗澡。

北方的澡堂子由两部分构成，外间供换衣服和小憩，沿着墙壁摆着一溜一人多高的分格柜子，用来存放衣服，再支几十张小床，暖气大开，热烘烘的。里间是洗澡的地方，有大澡池子，有淋浴，近几年还引进了桑拿房。在入口处还有两三张小床，专门用来搓背的。

先把自己丢进大池里泡，十几分钟后，汗珠就像被无形的鞭子赶出来似的，全身的气力也像是被一毫一丝地抽取，软软地再走到桑拿室里蒸，待汗出透了，便出来往小床上一坐，锐声叫道："搓背。"应声而出一位三四十岁的汉子。他先是兜头一盆热水冲下，然后右手套上搓澡巾，开始搓背。

说是搓背，其实是全身除了头脸之外的所有皮肤都得搓。这专用的澡巾是一方小口袋，布粗如砂纸，往手上一套，这砂纸就开始打磨你的每一寸皮肤。行有行规，搓背亦有章法套路。先坐着，从两臂开始，再躺下搓背和胸腹。师傅的手法也讲究先后，疾徐，轻重。耳中听得搓澡巾在皮肤上行走，时而轻快如风，时而凝重如石。一会儿工夫，潜伏于体内的尘垢便纷纷结成长条，散落在床上地上。

几个背搓下来，师傅亦是遍体如水淋过。"这几个下来，我可有点受不了。我还得换刀。"说着就退下旧搓澡巾，换一条崭新的。好一个"换刀"，闻之不禁莞尔。

走出澡堂子，觉得浑身上下焕然一新，真如浴水而重生一般：头发飘逸了，脸色红润了，步履轻灵了，心胸自然也豁朗了。

外面正飘着雪，风呼啸着从耳边掠过，额上却还有微微的汗珠。咯吱咯吱，踏一路碎琼乱玉，此乐何极。

此刻，我的一缕乡思正越过万水千山飞向那大澡堂子。

表　情

　　一直都难忘那个以色列女孩的表情。

　　在游人如织的九寨沟，惊鸿一瞥之间，她那张纯真朴素的脸便定格在我记忆的底片上。

　　双眉安静地舒展开来，两泓清亮的眸子里闪烁着宁谧的光芒，嘴角轻轻挑起一抹浅笑。脸上每块肌肉都无拘无束地绽开，全然没有身处异地的警惕和紧张。

　　她脸上分明写着一首宁静恬淡的诗。

　　这幅表情似乎应属于饱经沧桑的老者，他见证过，经历过，于是曾经沧海的脸上浮现出能够包容一切放下一切的豁达与超脱。而她，青春的容颜上还看不出一丝岁月侵蚀的痕迹。是因为暂别万丈红尘的纠缠置身于这如仙似幻的童话世界吗？是因为信仰的力量足以清扫出心灵的一方净土吗？抑或她年轻的生命虽然还来不及经历沧浪之水的洗濯，但心灵已然穿越了犹太民族的灾难史，因而才得以站在旷达超脱的制高点上呢？我无从知晓，但那朵表情之花却永远开放在我记忆的一隅。

　　我见过婴儿的表情，单纯干净，像雨过初晴的天空。但这幅表情很快就变成了不堪学业重负的疲惫和无奈，变成了在家长殷切希望与高考压力的双重挤压下的冷漠与麻木。万紫千红百花盛开的表情就这样无法避免地嬗变成了千人一面。

　　我见过有些官员善变的脸，时而笑容如蜜，时而阴冷如刀；端坐台上时脸上摆出君临天下的庄严肃穆，权钱交易时脸上又呈现出欲望之火燃烧的嚣张猥琐。

　　我见过凡夫俗子为生计奔波的苦涩和酸楚，亦见过他们为鸡毛蒜皮、陈芝麻烂谷子大吵大闹，甚至于大打出手时扭曲变形的表情。我见过愤青们激浊扬清的表情，我见过花季少年沉湎于网络游戏时狂热而又空洞的表情，我见过美女们以铅华粉黛精雕细琢的表情（只可惜我无缘见识她们卸妆后剥落的表情）。

我想起梁漱溟先生那帧著名的照片：头戴瓜皮小帽，细长的眼睛里折射出睥睨一切一个都不放过的光芒，嘴边挂着一丝辛辣的嘲讽。还有一帧川端康成晚年的照片：头发柔顺整齐地向后梳，大而湿润的双眼里流淌的都是悲悯，满脸的与世无争。

一次与老婆吵架，甩门而去，途遇熟人，勉强挤出笑容应对，看着人家错愕的表情，我知道，是我那张因愤怒而变形的脸吓到了他。就在那一刻，我陷入深深的自责与惭愧之中——我的表情使生活黯然失色！

能为这个世界献上一副宁静睿智的表情，是我的理想。也许当我不再为蝇头小利煞费心机时，不再用别人的错误惩罚自己时，不再因一时的得失怨天尤人时，我的表情就可以静如秋叶了。

毕竟，相由心生。

中国好声音能惹来同胞围观，中国好表情的舞台何时搭建呢？真希望异族姑娘的表情能在我的视野里随处绽放。

喜　鹊

　　喜鹊对人始终保持着审慎的态度，不靠近，却又坚决不肯远离。所以在木叶尽脱的冬天，我们在许多村庄周围的树上都能看到鹊巢，如同一个个黑色的杯盏，盛满冬日的阳光，盛满呼啸的朔风，有时盛满的还可能是一抔薄雪，就那样高高地，被树的手擎起，是代表乡村呈给苍天的祭礼吗？

　　有些喜鹊大约习惯于特立独行，类似于鹊族中的隐士或思想者，它们的巢离村庄最远，隐没于荒草丛生的土路尽头，藏在近乎干涸的小河边，也许唯有这些僻静之所才利于它们修养身心或思考一些重大课题。也有些喜鹊则抛舍不下对万丈红尘的恋恋情怀，村西头的那棵老杨树就是它们首选的宅基地，筑巢其上，不仅可以享受到轻风送来的缕缕食物的香味，而且常有村民们的聊天声自树下升腾而起，虽则译成鸟语不易，但耳朵里飞翔着声音，总归不寂寞吧。有离群索居者，也有几世同堂的。我曾看见过一棵树上筑有两个巢的，也见过毗邻的三棵树上结着四五个巢的。大约是子女长大后不忍抛下父母，才就近建房安身，以便随时尽孝。有的喜鹊不惜气力，日出而作，日落而息，将巢筑成高堂华层，但更多的喜鹊却生性散淡，任你金窝银窝，我只筑个能安放草芥之命的穷窝即可。

　　麻雀世代与人杂处，屋檐墙壁（土坯墙，茅草屋当然最佳，惜乎如今难觅）是它们理想的栖身之处，遗留在院落里的麦粒豆粒玉米粒是它们的家常食谱，孩子们随手丢弃的果核则无异于豪华大餐。所以麻雀更乐意围着人转，叫声不敢太高亢，眼睛尤需管事，只能趁人走开才敢放开手脚。喜鹊更愿意充当乡村的独立发言人，因为它们不需要仰仗人类讨生活，活得更有尊严些。每天清早，总有几只喜鹊登上村里的树枝高处，高声发表一通评论，而后，不待听众褒贬，振翅而飞。

　　《诗经·召南》有一首《鹊巢》，借喜鹊起兴，既为行将出嫁的女子增添喜色，又俨然象征着安放爱情的温床。《禽经》中也说喜鹊"人闻其声而喜"。在民间传说中，喜鹊更是不辞劳苦，远飞九天，搭成鹊桥，横跨天河，让牛郎织女这对有情人相会。乡村里新打的家具上也往往印有"喜上梅梢"的吉祥图案，"梅"与"眉"谐音双关。延续至今，谁家院里的树上一大早亮起一串喜鹊的叫声，整个院子就会流溢着一股暖暖的喜气。

叫醒疼痛

其实疼痛就潜伏在我们的体内，皮肤肌肉骨骼关节，甚至血液或经络都可能是它寄生的母体。可是我们经常无视这个事实的存在。

现代文明为我们的肉身凡胎提供了舒适的外部条件，身体的每个零部件都能随时享受星级服务，得到深入细致的关爱与呵护，于是我们更加忘乎所以。

可是疼痛一旦发飙，在体内游走奔跑，咆哮噬啮，我们才会领教其威力。它发作的时间地点方式和强度绝对让我们意想不到，就像黑道上一流的杀手，总能在最佳时机出手，而且常常是一击必中。如花的容颜禁不起秋霜一样凋萎着，岩石般的嘴巴忍不住呻吟着，钢铁般的躯体翻滚着痉挛着。这时，疼痛掩饰不住得意，在我们体内愈发放肆。

这是我们藐视疼痛所付出的代价。

与其坐以待毙，不如主动出击，每天至少一次，让暗藏的不同类型的疼痛原形毕露，把它们折腾得龇牙咧嘴，让它们逃无可逃，无处藏身。所以，从另一个角度说，人生其实就是一场战争，对手就是疼痛，人生的使命就是揪出这可恶的内鬼，然后就地正法，快意恩仇。可是令人沮丧的是，这场战争的胜利者永远是疼痛，绝无例外。结局如斯，我们的所有抗争是不是都显得多余？正如人一出生就注定要死去一样，人人皆知这一悲剧的结局无法改写，但大家都在生与死的这段间隙里闪展腾挪，坚挺着，屈辱着。故而有的生命如同不断添柴的火焰，越燃越旺；而有的生命则在不断遭遇创伤和坎坷之后，日益消沉，一任时间从身上踏过。

对待疼痛也一样，明知这个对手阴险狡诈精明邪恶，并且从一开始就稳操胜券，但没有人甘愿任其宰割，在没有被宣布失败之前，没有人愿意放弃抵抗——虽然这是彻头彻尾的"负隅顽抗"。不过，更多人是在疼痛启动之后仓促应战的，所以最初的战略战术总是缺少章法的，"病急乱投医"，怎一个"乱"字了得。当然也有极少数人能高瞻远瞩未雨绸缪，在疼痛吹响集结号之前，就抢占先机，争取主动。每天早上在公园里跑跳爬撞滚……奇招迭出，旨在引蛇出洞，诱敌深入，将隐匿在暗处的疼痛叫醒，而后分割包围各个击破。否则"明枪易躲，暗箭难防"，身心俱疲，在对敌斗争的漫漫长途中势必更加捉襟见肘。

这些先知当然多是饱经沧桑的老人，唯有他们才深谙疼痛的战法。在晨练族中，很难找到年轻人的身影，他们早晚要吃疼痛的亏——生命的智慧大约都是在走过弯路之后才能体悟得深刻吧。

身体里的疼痛我们也许还能想方设法叫醒，心灵的疼痛更加可怕，我们的感觉在钝化，几乎在完全不知情的情形下，就会招来致命一击。

这也许是最可悲，也是最窝囊的。

独自漫步

"偷得浮生半日闲",大约是白领们既自雄又无奈的叹惋,或许还有一点作秀的嫌疑。而庸碌如我者,有大把的时间挥霍,每日晚饭后散步自然就成了必修课。而且我以为散步不必三五成群,一人踽踽独行,实为至境,何必一路谈笑风生哉?

大抵三三两两结伴散步者,休闲交流是实,散步的保健价值,已然退居其次。你一言张家长,我一语李家短,单位人事工资津贴一定是热门话题,花边新闻奇闻轶事自然是永不褪色的旋律,辅之以江湖版新闻或民间版历史,一路走来,欢声笑语洒落一地,其乐也融融,时间从唇齿之间倏忽而过,暮色四合,各自回归围城,明日此时,不约而至,另一场言语的盛筵又将摆开。

我则更愿意远离红尘喧嚣,独寻一方净土,或与小河同行,或与山路结伴,可以抬头看看天边流云,也可以俯首凝目于一株小草,不打算读出什么深刻的哲理,也没想过要抒发什么深沉的情感,只是走走停停,看一看,听一听,嗅一嗅。有时正走着,就有一缕桂花香钻进鼻孔,再用力歙动鼻翼,那缕花香又不知匿于何处,于是四下寻找,终于发现不远处有几粒淡黄的小花躲在枝叶间,心里就涌起了淡淡的喜悦。

尤其在斜风细雨中撑一柄伞,沿山路盘桓。周围一片雨的低语,滞留于耳的杂音噪音终得清洗,世界仿佛一下子变得洁净了,清澈了。有一次缓步于愁煞人的秋风秋雨中时,我惊奇地发现,伴随着我的脚步的,竟是落叶,走一步,两片浅黄的叶在微雨中盘旋落下,再走一步,又有两片枯叶簌簌辞柯……我不知道每一片叶在风雨中飘摇着远离母体时,有没有些许留恋的遗憾或感伤的叹息,但在刹那之间,我体味了"秋叶之静美"的境界。

还记得在滴水成冰的季节,我漫无目的地走在北中原纵横交错的阡陌之间。偌大的田野上中只有一望无际的寂寞:杨树光秃秃的枝干如剑似戟,直刺天空,偶或有一两个鸟巢被树枝们高高地擎起,运气好的时候,还会邂逅两只喜鹊，它们时而振翅低飞，时而驻足枝端，像是在守望着什么。树下则是匍匐于地保持缄默的麦苗，先前绿得自得其乐的小草此刻已焦枯，农人的身影早已躲到了灶旁火边。天地之间似乎只有我的脚步声，我清晰地听得见自己的心跳。在那样的田间散步，心中了无肃杀悲凉，有的只是一眼看不到边的安静，在这片安静的时空里，我是唯一的主角，没有任何人或事来叨扰。

如今，每当耳朵里灌满车辆的呼啸声或机械的轰鸣声，每当鼻孔里充溢着各种杂乱无章的气味时，我都会满心伤感地掀开一帧帧往事的册页，可又怎能推开现实，绕回过去呢？

既要"结庐在人境"，又奢望着"而无车马喧"，这恐怕只有"心远地自偏"的隐者才能做到吧。我还是经常为寻找一片寂静的漫步之所而纠结。

移花记

踏着柔软的晨风,缓步于山间小路,感官似乎不够用。碧玉妆成的树木蓊蓊郁郁的,散发出蓬勃的香气,一丛丛野花如一阕阕质朴的小令,风姿绰约地从树木的间隙探出身子。一层凉薄的雾纱轻轻地氤氲着,弥散着。

一阵栀子花的清香破空袭来,直扑鼻翼。我小心地探寻,一株约半尺高的栀子花树一下子占据了心灵的要塞。墨绿的叶子中间,赫然绽放着两朵洁白的花儿,朵虽不大,香味却热烈,周围的空气仿佛都濡染着那熟悉的香味。

栀子花很通俗易懂,属于百花世界里的底层。但其色纯洁,纤尘不染;其香馥郁,最堪回味。村里的姑娘媳妇们每逢插秧季节,辫梢上扣眼里簪着两朵肥硕的栀子花,劳作之余,细细嗅来,提神解乏。离老家四五里的一面山坡上,有几十亩单层的药用栀子花,我和姐姐或小伙伴们不止一次去偷过。怀抱着盛开或半开的栀子花,一路雀跃,回去清供在玻璃瓶里,家里的每个角落都漾着花香。

心灵的底片经过三十年岁月的冲洗,愈发清晰,愈显温馨。我突然产生了一个自私的念头:窃花偷香,将这株花带走,再做一回雅贼。于是我小心翼翼地扒开一层层土,取出花根,又仔细地用原土包裹起根系——我知道,对于任何生命而言,故土都是难以割舍的——谨慎地将它捧到教室门口。

当我找来花盆,将这株花安顿好,郑重地摆在教室外的石栏上时,心里的得意亦如这两朵花一样怒放。

五十多双整日逡巡于书山题海的眼睛里,从此会闪一抹绿色,一抹希望;五十多颗为高考奋战的心灵里,从此也会飘一缕花香,一缕慰藉。

然而,我的笑容很快就凝固了。花似乎并不领情。下午叶片就失却了光泽,傲立枝柯的花低垂着头,第二天,叶子枯黄,甚至开始凋落,本已盛开的花如揉皱的小纸团。它在拼命地抵抗着我的好意么?我的心头掠过一丝唐突的歉意，但我无能为力，只能祈祷，希望奇迹发生，生机重返它的肌体。

　　许是我的祷告真的能感天动地，许是几个细心的同学呵护有方，第三天，它真的又挺直了腰身，叶面上又闪烁着快乐的蜡质光泽。原先开着的那朵虽已委地，但另一个花骨朵却毅然准备续写生命的华章，它高高地擎起一只白色的火炬。

　　我为这株渡尽劫波的栀子花高兴，却也为自己的私心抱歉。

抬头看天

在《云南看云》一文中，沈从文先生批判了一种"在这个社会各组织各阶层间普遍流行的""可怕的庸俗的实际主义"，先生沉痛落笔："近两个月来本市连续的警报，城市二十万市民无一不早早地就跑到郊外去，向天空把一个颈脖昂酸，无一人不看到过几片天空飘动的浮云，仰望结果，不过增加了许多人对于财富得失的忧心罢了。"

文章写于20世纪40年代，抗战的烽火燃遍大江南北，偏安一隅的昆明亦不能幸免。可是在国难当头之际，国人所虑者唯有"财富得失"而已，彩云之南的云根本不足以吸引大家的眼球。难怪沈先生忧心忡忡。我们中国人一向是讲究实际的，不少人抱怨说，大家的目光齐刷刷地紧盯着名利不放。根本无暇看天——一切仍像以前，谁也不肯腾出须臾片刻抬头看天。

其实自古以来，国人中就有频频将低垂的头颅昂起，将目光投向遥远而又神秘的苍穹，留下无数华章绝唱。"山气日夕佳，飞鸟相与还""举头望明月，低头思故乡""两只黄鹂鸣翠柳，一行白鹭上青天""落日熔金，暮云合璧""落日楼头，断鸿声里，江南游子。把吴钩看了，阑干拍遍，无人会登临意"……这些诗句一经吟诵，依然唇齿芬芳，口有余香。甚至到20世纪80年代，一批新诗的探索者还承袭着抬头看天的优良传统。童话诗人顾城的短章《远和近》就应该是他品鉴天边流云之余，挥洒出的逸品吧。

的确，抬头看天体现的绝对是一种浪漫情怀。《伊索寓言》载某天文学家因看天落入井中，遭人奚落，传为笑柄。天文学家的职业即为看天，置言之，看天实为他的职业习惯和谋生手段，与诗人情怀无涉，何必求全责备？批评者大约以为他太不切实际了吧。

可我要说，我们不能只在乎眼前的实际利益，经常抬头看天有什么不好？首先，"抬头"秉持的是一种仰视的态度，而仰视意味着挑战，意味着不盲从，更是压抑不住的人性尊严的体现。其次，"天"是虚空的，看天实则体现出务实之余的尚虚。唯有让天空经常铺满视界，我们的心灵才有机会挣脱世俗的缰锁，获得一种自在与自由。

　　鉴于此，沈先生才提醒我们，"静观默会天空的云彩""习惯于向远景凝眸""这个国家的明天还有希望可言"。

裸 村

　　蜗居于城市与乡村两大章节的过渡段里，我才有更多机会在城乡之间游移，很好地发挥着承上启下的作用。

　　如今，乡村这一章节实在缺乏往日的田园特色。

　　还没走进乡村，就备受挖掘机和推土机合奏的交响乐欢迎。狗呢？看护守望乡村的忠实卫士何在？放眼望去，只有几条疑似流浪身份的狗出没，见了人（即使陌生如我者）狂吠的胆魄不知遗落到哪里去了。脚步将我带到乡村的纵深地带，鸡的身影完全隐匿，更遑论母鸡下蛋后邀功的咯嗒声和公鸡在异性那里奸谋得逞的咯咯声，还有鸭与鹅，山羊和水牛，或者驴，甚至猫，它们温驯的声音被收藏了，还是被劫掠了？

　　回答我的只有机械巨大的轰鸣声。

　　我的目光逡巡于几幢老屋。灰色的砖肩并肩走过多少历史尘烟，灰色的瓦手挽手抵挡过多少风霜雨雪，高耸的马头墙曾引来多少关注的目光，幽深的回廊曾回荡着几代人的跫音，深深的庭院里演绎过几多俗世的悲欢离合，袅袅的炊烟书写着草体的乡土情怀。可现在，墙壁斑驳了，颓圮了；屋顶残损了，破漏了。庭院里罕有人迹，炊烟被尘封在并不遥远的记忆里。马头墙无言，一任脚下的野草湮没往事。倒是村子另一头红顶白墙的新楼鳞次栉比，黄发垂髫怡然出入其间。村边的土地被撕开了一道巨大的伤口，不久，又会有一座更现代化的钢筋混凝土筑就的鸽子笼耸立于乡村吧，像一个巨大的感叹号吗？

　　树木呢？"桃李罗堂前，榆柳荫后檐"，陶渊明眼中的乡村如斯。的确，绿树掩映，花果飘香，才应是正版的乡村。可树木们什么时候义无反顾地出走了，决绝地远离了乡村。人们忙于进城打工，忙于将钞票转换成楼房，于是树木们感受到了冷遇和委屈，于是它们集体踏上了逃离远遁之路，只留下几株没品位的杨树和几丛半人高的灌木杂草。所幸，我在一个村子的尾段看到了四棵大樟树，粗壮的树干，如盖的树冠，仿佛为乡村撑开了四把巨伞。可是它们又能遮挡什么呢？或许乡村还未必领情呢。

行走于乡村，我焦灼地寻找着能代表乡村文化的象征体，遗憾的是我的目光一次次落空。我想，城市这一章书写得过于辉煌，而乡村这一部分却又显得过于笨拙过于粗鄙了。

谁能将裸村修改得更具田园风光呢？

鼓浪屿纪行

"鼓浪屿遥对着台湾岛",小时候听着这首歌就对鼓浪屿充满了向往。如今,梦想成真,我真的就要到海上明珠鼓浪屿一游了,真的就要站在鼓浪屿的制高点——日光岩上眺望宝岛上美丽的基隆港了。

可车子偏偏陷在拥挤的马路上,举步维艰,只能像蜗牛一样蠕动着。好不容易到了候船室,但见游人如织,摩肩接踵,望着长长的队伍,心生担忧。好在还是挤上了轮渡。站在甲板上,便觉得温情的海风从四方八面拥过来,一会抚弄头发,一会掀动衣角。眼睛好像也不够用了:周围飞艇贴着海面滑翔,溅起点点雪浪和兴奋的尖叫;鸥鸟时而冲向长空,时而俯向海面;近处轮船犁开碧海波涛;远处海天相接水天一色……

下船时简直就是被人流推着上了鼓浪屿。下午4点钟的太阳仍旧明亮得刺眼,仿佛给岛上景物镀上了一层金光。走在曲折幽深的小巷里,心里的浮躁顿时收敛。巷子并不宽,仅容一辆汽车通过,巷里人家的小院都是一派繁华——花草树木一概生机盎然,老人则静静地坐在天井里,面前摆放着工夫茶具,他们对外面世界的喧嚣和热闹似乎不闻不问,只是淡然面对自己的生活。小巷两边有很多饱经沧桑的别墅,多尖拱门和廊柱的欧化建筑风格鲜明。半殖民地的那段历史在鼓浪屿留下的印记并没有被时光彻底磨蚀。教堂也多,据说林立的教堂无意中促进了岛上的音乐教育,管风琴弹奏出的乐音涤荡着人们的心灵,而唱诗班又在客观上培养了孩子们的音乐兴趣,所以小小的鼓浪屿哺育了不少的音乐家。其实从那些并不起眼的小巷走出的伟大人物远不止此,像"万婴之母"林巧稚,誓以体育强国的马约翰……鼓浪屿面积虽小,却也称得上是人杰地灵,物华天宝了。

巷口巷尾经常会站着一两株橡树榕树或者棕榈树椰子树,高大繁茂,如同撑开的巨伞,所以尽管巷外阳光流泻,巷里却是绿荫匝地。还有一棵石榴树从一家庭院探出身子,鲜艳的石榴花宛若一盏盏小巧的红灯笼,照亮了游人的眼睛,果如黄庭坚所云:"榴花照眼明。"

脚步丈量完小巷,又载我们到了海边。柔软的沙滩上到处是孩子们甜美纯真的笑靥，有的挽起裤管，走向湛蓝的海水，当海浪轻拍沙滩，激起层层浪花，溅湿裤子时，他们惊喜地欢叫着；有的坐在沙地上，手脚并用，忙着构建沙堡，一股潮水袭来，他们的杰作顷刻坍塌，但他们并不沮丧，又投入新的工作。大人们也不愿放弃与海对话的机会，各展身手，与海亲密接触。于是，整个海滩在阳光下沸腾着。阳光、沙滩、海浪和灿烂的笑容永恒定格。

登上返回的轮渡时，天色渐暗，五颜六色的霓虹灯纷纷亮起，争先恐后地为鼓浪屿之夜增光添彩。望着渐渐沉入黑夜的鼓浪屿，我心里倍觉温馨。但几乎就在同时，又有一缕遗憾悄然浮起——我还没有登上日光岩呢。

为再次踏上鼓浪屿留下一点悬念也好。

井冈山的早晨

　　暮色四合，车子还在巍峨连绵的群山之间穿梭，斗折蛇行，左旋右绕，许多山峦已匍匐于脚下。在微弱的灯光下，一个个熟悉而又陌生的地名闪入眼帘：宁冈、八面山、黄洋界、茨坪……这些沉睡在历史教科书上、透着浓烈硝烟气息的地方，如今果真与我零距离地接近了吗？可惜急于赶路，不敢稍事停留。

　　入驻茨坪后，疲倦潮水一般将我卷入睡乡。

　　然而第一缕晨光还是将我轻轻推醒。拉开窗帘，一座翠屏静静地铺满视野；打开窗户，一阵鸟鸣清脆地送入耳中。清风扑面，顿觉尘心如洗。我深深地吸了一口气，五脏六腑仿佛一下子变得熨帖了。

　　快步下楼，我要将自己的身心全部投放进井冈山的怀抱。

　　山边的公路平坦而幽静，并没有几双脚步踏碎这晨光中的宁谧。山上树木葱郁，翠竹挺立，还有白花红花闪烁在这绿海中呢，瞧，那一株映山红如一团火焰在石壁上燃烧，真的是"山青花欲然"。恍惚间，我觉得这里的映山红格外鲜艳夺目，是烈士鲜血沃灌的特殊品种吗？一条山路蜿蜒出没于繁茂的草木之间，当年的红军战士可能就经过这里，到八面山、黄洋界狙击白匪的围剿吧。

　　远山也并不模糊，轮廓清晰地呈现在眼前。呵，井冈山之晨真的是透明的。有人说到欧洲旅行，会让人惊叹于那里空气的洁净透明，我说井冈山也是纤尘不染，空气指数绝对特优。在当今中国，寻找这样一块净土极难。我贪婪地呼吸着这清新的空气，心中不禁涌出一丝羡慕和嫉妒。

　　途遇两位兜售纪念品的小贩，态度和蔼，笑容可掬，而且开价公道，绝不凶神恶煞一样挥舞着雪亮森然的宰客之刀。他们虽则衣衫素朴，但取财有道，尤其令人难忘。

　　茨坪的街道宽广，道旁树高大苍翠，确有伟人风范，敞开博大的胸襟，广迎八方宾客。四周既无机器轰鸣，又无烟囱林立。外来客饶有兴趣左顾右盼，本地人则按部就班地延续着自然的生活节奏，恬淡而安闲。忽有一股臭味钻入鼻孔，原来是一条碧水散发出来的，确乎白璧微瑕。要知道，自然环境从来都是水晶一样易碎，如因小小蚁穴，而溃千里长堤，岂不让人扼腕长叹？但愿这一丝阴影不会扩大。

茨坪此刻安详地躺在群山的怀抱中，半个多世纪前，生活于斯战斗于斯的前辈先烈们目睹此景，当会心获慰藉九泉含笑吧。

李健吾先生著有《切梦刀》，而我也愿一刀在手，将井冈山的清晨小心翼翼地裁下一角，郑重地夹在记忆的册页里。

北京的花事

　　列车始发于春深似海的南方，穿过山川河流，掠过城市乡村，碾过黑夜白昼，一路向北，向北……

　　蓦地，几树槐花风驰电掣地从窗外闪过，虽然只在电光石火之间就慌忙隐匿于视野之外了，但记忆中与槐花相关的往事则如同泛黄的书页，被依次掀开——即使时光漫漶，记忆中槐花的影像却永不消磨。我仿佛看到槐花悄立村头，在风中摇响那一串串白色的风铃，我依稀嗅到槐花质朴热烈的香味。可惜不能下车，离北京还远呢。

　　车过黄河之后，华北平原就坦荡地铺展开来，可是目光所到处却缺乏生命的绿色。麦苗之外，广袤的原野似乎仍在沉睡，各种树里也只有毛边杨刚刚睁开眼。难怪古人说"春风不度玉门关"，春天还远没踏响这片古老的土地呢。石家庄以北，扑入视野的就只有荒凉的土黄色和萧瑟的暗灰色（建筑的色调）了。

　　置身于北京，只感到车杂人多楼高，心里竟生出几分鄙夷与不屑。在现代化的大都市里，钢筋混凝土筑就的森林带给人们的只有无法逃避的被挤压感。好在道路两旁突然站出来几株桃花。南方的桃花在这个季节早已"零落成泥碾作尘"了，可北京的春天来得晚，如今开得却正热烈。可以想象，疾驶而过的车辆，行色匆匆的人群，在沉重拥塞的城市里艰难跋涉时，突然，这灼灼的桃花就直扑眼中，点亮了单调的眼眸，照彻了灰暗的心情。红的，粉的，浓艳的花朵们像一个个音符，于是喧闹的街市里就有了一曲轻音乐萦绕于耳畔心轮。

　　第二天坐火车到八达岭长城，过了居庸关以后，我更惊诧于满山遍野的野桃花。它们不拘是崖壁还是沟畔，是山巅还是谷底，毫不做作地站在属于自己的那片土地上，或一枝独秀，或三五结伴。远远望去，仿佛山野上正漫卷着一层薄薄的粉雪。朔风野大，季节偏迟，山岩贫瘠，这些都挡不住野桃花灿然的绽放。或许，每一朵花都深深懂得绽放的内涵。在八达岭长城的最高点，我拍到了一株满枝柯花苞的野桃树，周围的树木花草刚刚春意萌动，它就已经在为一次生命的辉煌做准备了。在还带着寒意的风中，它轻柔地舒展着腰身，每一个花骨朵都宛如一张忍俊不禁的笑脸。

　　北大校园的花木扶疏，群芳争艳，让我产生了一种置身江南的错觉。好生奇怪，北京城里难觅花影绿踪，北大校园里各色各样的花却开得热火朝天。连上苍也眷顾这方钟灵毓秀的热土吗？或许在这片敢为人先的土地上，花草树木们也早已养成了争先恐后的生命习性吧。未名湖畔，红楼周围，灿烂的花事高潮迭起。白的有白丁香、西府海棠，红的有桃花、樱花，紫的有紫丁香、二月兰，黄的有迎春、连翘……未名湖碧波轻漾，红楼儒雅雍容，博雅塔古朴肃穆，它们全被花包围着簇拥着，就像学子环绕着先生。清清湖水与一树桃花，红墙碧瓦与西府海棠，无论是色彩还是气度，均是一帧帧无与伦比的绝妙风景，在记忆深处永不褪色。

　　看着北京的这些花，想着江南的植物，不禁心生感慨：

　　在北京，做一株花注定要有坚韧的品性，它要经过漫长的等待，它要耐得住干旱、寒冷、风沙，甚至人们的冷漠，甚至高楼大厦的遮挡，甚至阻隔阳光的灰蒙蒙的云层。也正因为如此，每朵花才深谙绽放之不易，才不愿错过一展芳华的机缘。

　　晚上，电视画面上呈现出北京植物园的花事盛况，其中郁金香美得格外让人舍不得转移眼珠。惜乎无缘，明天我就要回到早已绿肥红瘦的南方了。

夜空，夜空

"迢迢牵牛星，皎皎河汉女""星汉灿烂，若出其中""又恐琼楼玉宇，高处不胜寒"……古代文人留下了多少描写夜空的不朽佳句。即使到了20世纪20年代，中国工业文明发轫之初，郭沫若还深情地吟唱着美得让人心驰神往的《天上的街市》。群星闪烁的夜空，明月在天的夜空，乌云翻滚的夜空，雨雪霏霏的夜空，如今还有谁在乎呢？

所有关于夜空的脍炙人口的美文从此广陵散绝，风流云散矣。不仅因为精心阅读夜空的眼睛变得冷漠空洞了，更重要的是夜空被光污染得太严重了。

前一阵子，全球大城市一小时停电接力时，有人大呼惊现最美夜空。闻此，不知我们是该庆幸还是该诅咒。

好在前贤有先见之明，他们见证了原生态的夜空，留下的诗文是对后人审美意识的挑战与补偿，也是对后代物质文明的反讽和揶揄。

大大小小的城市，从夜幕拉开时的华灯初放，到晨光熹微时的灯火阑珊，从超级广场上富有穿透力和侵略性的激光灯，到宽阔马路上川流不息的车队射出的河流一样的灯光，夜晚，光已泛滥成灾。习惯灯光的眼睛被剥夺了认知黑暗的权力，习惯灯光的心灵变得更加贪婪更加物质化。

乡村好多了，没有如此强烈如此集中的灯光，但也不能幸免——真实的黑夜经常被零碎的灯光切割或撕裂。还有乡村的人口，潮水般涌向城市，留下老人与孩子，留下疯长着野草的良田，留下空虚杂乱结满蛛网的房舍，也留下了寂寞冷清的夜晚和梦幻般的夜空。他们的目光真的只需要用灯光来填补吗？

走在灯光里，我经常想起小时候在乡下经历的夜晚，感到自己变成了一只可怜的羔羊。看到饱受灯光恩泽的树木，我想要是能做一株从没遭受光灾的树该有多幸福。

康德曾断言："有两种东西，我们越是经常、越是执着地思考它们，心中越是充满永远新鲜、有增无减的赞叹和敬畏——我们头上的灿烂星空，我们心中的道德法则。""灿烂的星空"既成绝版，"道德法则"安在？心中的"赞叹和敬畏"恐怕也会成为无根浮萍了。

浇愁的闷酒与香脆的花生米

"小二，来二斤牛肉，一坛上好的烧酒。"这是腰佩宝剑虎目圆睁的侠士的经典台词。

"玉盘珍馐值万钱""斗酒十千恣欢谑"的盛景只能发生在豪门，"酒池""肉林"虽则奢靡，倒符合"皇家气象"。

一般"秋士"借一壶浊酒消解胸中块垒，他们会以什么下酒？竹林七贤个个善饮，只不知他们是无菜无肴干喝还是满汉全席伴醉；归隐田园的渊明先生更是酒不离口，他老人家是否有下酒菜，我辈都不敢贸然悬揣；谪仙饮酒可以用"鲸吸"来描述吧，如果顿顿都"四菜一汤"伺候着，老婆捂钱袋的手恐怕也会颤抖；老杜后半生飘零转徙于江湖，酒自是不少喝，而且多为劣质白酒（有"潦倒新停浊酒杯"为证），既然酒的档次如此不堪，对菜，想必先生大概不会太苛求，更不敢奢望吧。

所以，我们是不是敢断言：文人（御用文人除外）喝闷酒的最好下酒菜应是一咬嘎嘣脆一嚼满口香的花生米。

花生米与我辈一样，同为"草根一族"，价虽廉，物却美。十几年前，我到一老友处倾倒心理垃圾，恰逢此君囊中羞涩，但酒还是要喝的，于是聚于一乡村野店，坐定即壮声叫道："来一盘花生米，二斤'一毛辣'（一毛辣者，土制烧酒，只一毛钱一斤，且入口之后滋味霸道，俗称'一毛辣'）。"饮酒过半，气氛渐炽，而花生米却已告罄，主人复锐声喊道："再来一盘花生米。"嚼着脆香的花生米，喝着入口即如火烧的"一毛辣"，聊着家庭单位社会的种种艰难，忽觉腋下生风，简直要羽化登仙了。

酒与花生米堪称绝配，一为至刚，一为至柔，可谓刚柔相济，尤其当满腹辛酸满腹愁肠之际，举杯狂饮之后，嘴巴里若有所缺恍有所失，倘抓一把香脆的花生米丢进嘴里，一阵猛嚼，耳畔便会响彻"咬牙切齿"之声。那情景如阿Q与小D比赛吃虱子一样，既解恨，又过瘾，说不定还会毒毒地骂一句"妈妈的"。此情此景，世间的种种不公也好，同僚的猜忌倾轧也好，上司的污浊鸟气也罢，统统在一饮一嚼之间烟消云散。此乐何极？

倘若哪位先生事先摆了一桌荤腥，再细细斟酌把盏，总觉得有作秀之嫌。浇灭心中烦忧正如救火，岂容如此游刃有余？顺手拔开瓶盖（管它是五粮液还是烧刀子），咕嘟一气，再顺手操起随手可寻的花生米（生熟不拘），嘎嘣一阵，心也平了，气也消了。古人尝谓"心中不平，托之于酒；世间不平，托之于剑"，穷酸书生，缚鸡尚且气喘，以剑荡平世间不平实难做到，但嘴巴肠胃是咱自己的，别人敢拿各等烦心事折磨我，我就不能拿酒折磨自己的肠胃肚量，拿"捶不扁炒不爆响当当"的花生米来考验自个的牙齿嘴巴？

孔乙己终究还是放不开，中毒太深，束缚太多，喝酒仅至略有酒意面色微酡，吃菜偏选不香不脆且形容猥琐的茴香豆。不敢放胆饮酒，不敢豪嚼花生，尤其是他那一类人的悲剧。

据说如今花生米亦摇身一变，混迹于高堂华宴，还美其名曰"奉陪到底"。从头至尾相伴，下贱如斯冷落如斯，可见它并不受一张张食不厌精的嘴巴"青睐"。回归民间，安心做"草根一族"，伴着半斤烧酒咽下，给个皇帝也不换，摆什么鸟谱，装什么鸟样？

槐花的几种吃法

槐花是个朴素的名字,就像我乡间的表妹。

每到春天,槐树的叶子就迫不及待地伸出椭圆形的绿巴掌,在轻软的风中悄然舞动,用不了多久,槐花也收拾得干干净净,往田间地头塘边山坡静静一站,是在守望乡村的春天吧。

槐花在我童稚的眼里并不具有美感,它只是能暂时哄饱肚子的吃物。春天在那样的年代也不具有审美性,它还有一个更可怕的名字——青黄不接。地里的庄稼没指望,园里的蔬菜也没盼头,于是野菜就来安慰咕咕叫的肚子,而槐花最受青睐。它坦荡的香味不仅引诱鼻翼,连舌头上的味蕾也被刺激得充分活跃起来。

那年春天我们几个饿疯的小伙伴,相约去摘槐花,可是去晚了,可以够得着的槐树枝上只剩几片残叶。于是我们大着胆子到两村交界处的乱坟岗。那儿馒头似的土坟鳞次栉比,而周围则簇拥着大片的槐树。洁白的槐花一嘟噜一嘟噜宛若一串串风铃,在风中摇曳着。可谁敢去那里呢?我们小心翼翼地走近,而后抖着手摘花。雪一样的槐花在小手掌里蜷卧着,香气一点点地弥漫开。将满把的槐花塞进嘴巴,牙齿迅速歙动,顿时齿颊之间充满了香甜。不一会儿,我们的恐惧感就烟消云散了,各人放开手脚,拼命往小篮子小口袋里装槐花。

槐花生吃时,那种绵软香甜的口感真的是妙不可言。大把大把的槐花被塞得饱满异常,而后大口大口的吞咽,真的是大快朵颐,饕餮之中尽显豪气。我的味蕾就是在那个饥饿的年代被磨损了,再鲜美的菜肴也品不出太特别的味道。今天人们生吃槐花肯定文雅多了,三两朵送进嘴里,慢慢咀嚼,慢慢品尝。即便如此,我估计生吃者也极少,在花样繁多的果疏面前,槐花那么卑贱,丑小鸭一样,谁会正眼瞧它。

采回去的槐花多了,妈妈就会用开水焯一下,而后放几滴油,热锅爆炒,不一会儿,小厨房里就氤氲着槐花与油香混合的味道。尤其是煎得焦黄的槐花,又香甜,又爽口,用这个下饭,我能吃两大碗米饭——可惜更多时候米饭是限量的。

　　这两种吃法在当时最为流行，每年到槐花盛开时节，家家户户厨房里都飘着槐花的香味。

　　渐渐的，有心人会把吃不完的槐花过了开水后，晒干，而后收藏起来，待到过年时用它做馅包包子。一掰开，腾腾的热气里槐花熟悉的气息扑面而来，咬一口，舌头也软了，心也醉了。在北风呼啸雪花纷飞的冬天，吃着槐花包子，春天仿佛就复苏了。

　　后来生活富裕了，故乡的人们对槐花也不离不弃，并且又开发出一种新吃法。将新鲜槐花洗净，拌面，继而上笼屉蒸，出笼后再佐以蒜泥和香油调匀。饭店里的制作工艺则更精细，出笼后槐花与面的白层次分明，槐花的小绿蒂还鲜嫩着呢，如同白玉团中点缀着绿玉。这样的槐花可谓色香味俱佳。

　　如今正值春风骀荡，槐花怒放，槐香袭人，可我远在千里之外，槐花的踪迹难觅，故乡的槐花只能在梦中芬芳我的唇吻了。

　　这算不算槐花的另一种吃法呢？

绝版的羞涩

其实，对于每一个妙龄女子而言，羞涩都是一种专利。羞涩之与女子恰似彩霞之与天空，光泽之与绿叶。羞涩的女子是宁静湖面上的一点白帆，是幽深山林中的一声鸟鸣——清脆圆润得如露珠的那种。惜乎这些美妙的比喻如今早已过时，在新新人类眼中，坦白直露大方等词语已悄然代替了羞涩——羞什么涩呀，都什么年代了，在速配时代，一切都是快刀斩乱麻的节奏，谁有那闲情逸致。于是羞涩成了一种追忆，一种奢侈的回味。

在文学的国度里，羞涩绝不是一个灰姑娘，要靠南瓜车和水晶鞋装点自己的身份。无论是民间创作还是文人涂鸦，羞涩都绝对是宠儿和公主。"美目盼兮，巧笑倩兮。"盈盈冉冉的一双眸子里蓄满的是少女的清纯和梦想，辅以蜻蜓点水似的一汪浅笑。那笑靥里斟满了羞涩的佳酿，就算你像柳下惠那样坚如磐石，也难免不心旌摇荡、心猿意马，因为羞涩的酒足以让你"但愿长醉不愿醒"。"静女其姝，俟我于城隅。"这个女孩子率性大胆，竟然主动约会情郎，而且一而再再而三地主动馈赠定情信物——这一点与今天的时尚女子相比竟然毫不逊色。然而这个姑娘既"静"且"姝"，远非乡间的野丫头可比，因为她深谙羞涩之道，如林妹妹般"娴静处如姣花照水"。

唐代才子崔护为何对一场致命的相遇难以释怀？"人面桃花两相映"，在骀荡的春风中，在一簇簇小小火苗一样燃烧的桃花旁，一张含羞的笑脸永远定格在崔才子的心灵深处、情感深处。那笑容是如此清，像初春的柳枝刚染上的一抹鹅黄；却又是如此浅，宛如一条潺潺的小溪汪汪一碧。那株桃树的花朵似乎也不应是全部灿然绽放的，能配得上那朵清浅的娇笑的，更应是一个个含苞欲放的花骨朵。当然，也还有一两朵耐不住寂寞，将少女委婉的心事乍泄出来，于是焉那一树的花儿便在一两朵盛开的花朵的率领下，"羞涩地打着朵儿"（朱自清先生语）。再仔细听听，仿佛还有一串风铃般的笑声涟漪一样在耳畔轻轻扩散开来，自然，随之弥漫而来的还有一缕缕少女的青春气息。最终，空谷幽兰般脉脉春水般的情感在崔护的心河里不可救药地泛滥成灾了。

婉约词人李清照也善于用羞涩演绎她绝代风华的传奇："合羞走，倚门回首，却把青梅嗅。"将青春期少女描摹得形神兼备。你看，她在自己的后花园里耍得开心而又放肆，刚从秋千上下来，调皮的鞋子悄悄溜走一只，只剩罗袜。忽闻有客来访，狼狈之余，又心有不甘，还想看看来者何人，如果大胆地放眼去看，岂不有损大家闺秀形象？于是巧借青梅做道具，似嗅梅实偷窥，欲看还羞的情态跃然纸上。新月派风流诗人徐志摩在名篇《沙扬娜拉》中更将羞涩美的种子深深地埋进每一个读者的心里。"最是那一低头的温柔，恰似一朵水莲花不胜凉风的娇羞。"多么经典的细节。如若羞涩缺席，那该是多么大煞风景呀。朱自清先生同样对羞涩情有独钟，"有羞涩地打着朵儿的，有袅娜地开着的"，先生笔下哪里是荷花，分明是一位"芙蓉如面柳如眉"的二八娇娥。

不独诗人心中有解不开的羞涩情结，古典的画家眼里羞涩也以其含蓄蕴藉备受青睐，无论是中国还是日本的仕女画，羞涩都是一条不可或缺的审美标准。

俱往矣，羞涩的流风遗韵如今早已成了化石，对于现代女性而言，淡如烟淡如雾，遥远得如一朵摇曳在前世的花儿。大家好像更乐于做一本任人翻阅的书，一读就懂，毫不费力，没有人再愿意做一首以羞涩为主题的朦胧诗。

缺少羞涩的时代注定是一个想象力极端匮乏的时代！

理　发

　　都说聪明的脑袋上不长毛，可鄙陋如我者，竟然也敢毛发稀少，岂不让人掩口葫芦而笑。谁让我生逢饥饿年代，先天营养不良呢？既然每根头发丝都属重点保护对象，自然宝贝得什么似的。每次理发总是心怀忐忑，生怕哪位理发师滥砍滥伐，真成了濯濯童山，这张脸还怎么见人呢？

　　所幸附近一位理发店老板手艺好，能上什么山唱什么歌，看发下刀。俗话说"剃头三天丑"，我自觉还没丢大人。于是就习惯于将这一蓬乱草般的头发放心地交给那位老板，任凭人家一阵金戈铁马，而后窥镜自视，昂首出门。

　　这几天早上梳头时发现总有几绺头发揭竿而起，屡次镇压，才得以口服心不服地俯下身子——又该理发了。

　　踌躇着推开那家店门，但见两位毛头小伙嗑着瓜子聊着天，老板却不在。

　　"理发呀。"一位金毛狮王招呼道。

　　我再次扫视，确认老板不在，心尖就发颤，头发丝上冒凉气：这两个学徒不定怎么糟蹋我可怜的头发呢。先前被作践的屈辱感好像旧日的伤口又渗出血丝一般。我决定抱头鼠窜。

　　"老板不在呀。"一面搭讪一面夺路而逃。

　　可这头发终究还是要理的呀。

　　再次推门，换了另一位学徒。小伙子的头发一边遮住半张脸，另一边则是平头。一看这发型，我心里就咯噔一下。可这次怎么逃呢？想当年贵为总理的周恩来还主动要求学徒理发呢，老人家尚如此慷慨，我又怎敢再吝惜自己可怜的头发？得，咱也奉献一次，做一回试验田，大不了半月不见人。

　　于是咬紧牙关悲壮地坐下。

　　一开始就感到小伙子手脚笨拙，剪刀和梳子仿佛不太乐意合作，哪像老板，剪刀和梳子简直就是他手的延伸，耳边只听得一阵节奏分明清脆悦耳的乐音，我只管微闭双眼，尽享其乐，改头换面的新我自会从镜中走出。这回可惨了。可如今势成骑虎，我唯有任其收割了。可嘴巴又不甘心，便赔着小心地央求："小师傅，尽量理好点，要不我可没法见人。"

正好老板推门进来，一听乐了："嗨，你放心，他能理好。"

你咋不早点回来？我这头只有交给你才放心的。我深深地埋怨着。可既然老板打了包票，只好坚持到底。

终于胜利竣工，端详复打量，还行。

虚惊一场。

仔细想想，小学徒经验也许不多，可他认真谨慎，绝非虎狼刀客。倘若他以稚嫩之技，辅以"磨砺以须，问天下头颅几许；及锋而试，看老夫手段如何"的豪情，那我的头上要演绎一出风云为之变色的悲剧了。

每当听到这首歌

"曾经以为我的家,是一张张票根,撕开后展开旅程……"每次,姜玉恒那沧桑的声音秋水一般漫过来时,我的心都被浸染得格外柔软而忧郁——我那像铁轨一样遥远的家,又何尝不令人朝思暮想呢?

小时候,家在离京广线数里之遥的小山村,我经常坐在山岗上,向远处眺望,一声辽远的汽笛,一股浓浓的白烟,会将我童年的思绪带走。我常常沉湎于幻想之中,想象着自己坐在风驰电掣的火车上,看着窗外的山川城郭迅速地向后退却,想着前方某个未知的地方即将向我展开它的神秘,我的脸上就会呈现出激动的神采,自己长久地漂流在幻想中。

读初中以后,我会在喧哗的教室里静静地打开地图册,任自己在地图上神游祖国的大地山河。我设想着一条条旅游线路,用手指细细地在地图上比画着勾勒着。所以我对铁路线以及重要的枢纽城市非常熟悉,有许多地方,我感到自己曾经到过,那里的自然风光、人情习俗我似乎都谙记于心。这种习惯我一直保留着,即使是现在,我还会长时间地在地图前驻足,认真地端详着一条条铁路线,一段浪漫的精神之旅就会慢慢铺开。

真正得以圆梦却是在高考之后,我所有的志愿都是在离家千里之遥的他乡。那时心里蓄满了向往,向往坐在巨型烟斗一样的火车上,向往那个陌生的城市,向往那座神秘的校园。终于我从豫南的淮河之畔飘到了豫北的黄河之滨,提着沉重的行囊登上火车时,我的心里默念着席慕蓉的那句诗:"清晨在陌生的城市里醒来,故乡,我已离你万里。"年少无知的我便觉得从此以后就走出了故乡,走出了家的束缚,走出了家人的唠叨,像一架风筝,终于放飞,终于拥有了自己的天空。也就在那一刻,故乡从此成为异乡,我成了一个漂泊的游子;家,也便成了我生命的一个驿站,我只能做一个过客,不复是一个归人。

大学毕业,我选择留在异乡他地工作,决绝而义无反顾。家人的不解与埋怨,我统统抛诸脑后,我固执地尊奉美国作家索尔·贝娄的那句名言:"生活在别处。"

从此，我与家的两点之间真的就只能靠那无限向远方延伸的铁轨来连接了。

　　一位精研《周易》的朋友曾说："你这人是天生的异马星。"所谓异马星，应该就是像我这种哈雷彗星一样天涯漂泊的游子，灵魂深处永远汹涌着不安分的潮水。

　　果然，我又从华北平原的纵深地带走向了湖湘大地。万水千山的阻碍，又是火车带我穿越。家，被抛在更远的远方。一张张车票将我送走，又是一张张车票将我迎来。那一张张窄窄的车票呵，写满了乡愁，写满了酸楚。

　　"这样漂荡多少天，这样孤独多少年，终点又回到起点。"姜玉恒唱得没错，再远的漂泊最终也要回到起点。我那遥远的故乡呀，我何时才能停下流浪的脚步，永远依偎在你的胸前？

我的心一次次高高悬起

穿过万水千山，送女儿到北京读书，第二天，我要返程，她执意要来送我。在西客站的进站天桥上，只听她轻轻地说了声："爸，我走了，拜！"一转身，马尾巴轻轻荡漾，就汇入汹涌的人潮，我再定睛寻她，早已不见踪影，仿佛一滴水，倏地钻进大海。她去得迅捷而决绝，去意如刀，将离愁别绪斩断，丝毫不拖泥带水。其实我猜，她小小的心里装满的也是依依不舍，她或许是怕自己的感伤传染给我，抑或是想证明她的坚强。望着桥下的滚滚红尘，我的眼里突然湿润了，她将第一次独自面对生活，面对未知的人事。她瘦弱而稚嫩的肩扛得起那些重担吗？我的心被一只无形的手高高地提起来，悬在半空中，惶急无奈，却又没有着落。

这种感觉在女儿成长的这些年，不知出现过多少回了。尤其是她小时候。

她出生的那一刻，我的心就是这样高高地悬在空中的。我怕，怕一个先天残疾的孩子来到这个惨烈的世界，那对她对我们都是无边的苦海。一声嘹亮的啼哭划破黎明前的黑暗（她正好是深秋时节早上5点多来到这个世界的），东边天际乍现了第一抹红霞。我的心轻轻落下。

可是女儿自小体弱多病。先是肚子痛，隔三岔五地痛一阵。这么一个小小的人儿，怎堪病魔纠缠？我们四处求医，买了许多药，仍无济于事。听着她的哭泣和呻吟，看着她蜡黄的小脸上无助而又乞求的表情，我的心被狠狠地提起来。她会莫名其妙地从酣睡中惊醒，大声哭喊："妈妈，妈妈，你在哪里？我怎么看不见你呀，好黑呀。"明明在妈妈怀里，明明在明亮的灯光下。开始我以为只是被梦魇包围了，可是接下来又发生了好几次。我们真的束手无策，去医院，根本查不出个所以然，而且过了那一会，她又能挂着满脸的泪痕沉沉入睡，第二天问她，她亦茫然不知。但她声嘶力竭的哭喊在那些暗夜里一再响起，我们又能为她做些什么呢？我的心悬在半空中。

她6岁时，我们一家三口去浚县爬山，离开山顶，她就在后面欢笑着飞跑着，我一转身，发现不妙，来不及提醒，一块坚利的石头就恶毒地绊倒她，并狠狠刺进她的额头，血流如注，又没有任何办法止血。孩子哭，妻子哭，我只能一路狂奔，抱她到最近的诊所，我的衣服全都湿透了。医生用那么粗的针缝了七针，她哭得更是凄厉，妻子当场晕过去，我的心颤抖着，高高地悬起。

我们忙于工作，女儿无人照管，只能早早地进学校读书。女儿乖巧聪明，一路高奏凯歌，我的心里也蓄满了自豪与幸福。直到她读高一那年的春节。

回老家过年，她表哥要骑摩托车带她兜风，事出意外，她从后座仰面摔下。我们赶到出事地点时，她脸色苍白，嘴唇发抖。我脱下棉袄，把她抱在怀里，她还颤抖不止，而且一个劲地说头疼。那一刻，我感觉心被高高地抛起。天空阴暗，大地凄凉。住了一个多月院后，我接她返校，其时，暮春三月的油菜花开得正好，她脸上漾着一波波甜甜的微笑，我的心里也明媚亮堂。

大三开学，她就要去韩国做交换生，雨脚如麻，我们送她去高铁站。进站时，她肩背手拉地拖着行李汇入人流，又是一眨眼就寻不到了。列车带她去北京，飞机载她去首尔，异国的土地上将要绽放她的青春与梦想，我们在为她高兴之余，心却时不时地又悬起来：银行卡出问题了，脚崴了肿起好高，天气渐冷了……不知道我的心什么时候不再为女儿高高悬起。

心悬起来，是因为牵挂、担心、焦虑、无奈，但此生，心能永远为女儿而悬起，是我的福气。

梦里水乡

　　一踏上火车，心里先发怵：天哪，17个小时可怎么熬呀。好在列车大半时间摸索穿行在茫茫黑夜，正好可以休息，于是便零零碎碎地做着梦，水乡的影子朦胧又混沌，如同一张发黄的相片，浸渍在模糊的想象里。

　　猛然一声锐叫，把我从梦的碎片中拉出来。"呀，过江了。"赶紧睁开双眼，将目光网一样撒向车窗外。我到了另外一个世界吗？上车时一望无际的华北平原哪儿去了？统统退避到记忆之外了吗？

　　借着熹微的天光，透过轻纱一样的薄雾，一片全新的天地在视野里极有层次地铺展开来。山，一峰独秀的，连绵而来旖旎而去的；水，一泓清澈的，静静翻涌着粼粼碧波的。或如亭亭的女子，或如巧笑的面庞。好一派江南水乡的风光！我又揉揉惺忪的眼睛，真的不是梦，鲁迅、郁达夫、徐志摩的水乡，我竟然一夜之间踏上这片天堂。

　　舒婷想象飞天袖间能抖落花朵，我却想说飞天失手打碎了手中的玉镜，于是在江南的土地上到处都是镜子的碎片，到处都是令人流连的笑靥。有水自然有船，虽然天刚睁眼，男人们便忙着撑一叶小舟开始了一天的劳作。不知是李白理想中的那一叶浪迹江湖的扁舟，还是李清照笔下载不动许多愁的舴艋舟，周作人的乌篷船却是没有，想来需到绍兴才见得到吧。女人们也忙着浣衣水边，五颜六色的衣物是水乡的点缀，这令人想起西施在古典的时空里临花照水的风姿。看着女人们在金碧辉煌的别墅里进进出出，我想，她们浣洗晾晒的不仅仅是衣服，又何尝不是她们日益丰盈的生活呢？一池池碧水濯洗出了她们一双双巧手，她们再用这巧手去编织美好的生活。

　　在水的身边或者水的间隙，就站着山，山上远近高低都是绿色，偶或有一树白花红花耐不住寂寞似的探出头，掩不住一脸的兴奋与娇羞。更叫人难忘的是一片片整饬的茶树林，采茶的女子蜜蜂蝴蝶一样穿梭其间。有水，又有茶，这不，就等着远方的客人品茗之余，游目骋怀于这山水之间了。也许是刚下过一场雨，山脚下绵延的小路还有几分泥泞，但一串串脚印却坚定地向远方伸展。

　　这真是滋润梦的地方。吴越的山水之间，孕育了多少万丈豪情和凌云壮志，又演绎过多少铁血故事和悲欢离合。抚今思古，不禁感喟不已。好在历史的云烟终已散尽，才子辈出的江南，如今又凭借着智慧创造出了惊人的财富。

种菜杂感

对于不事稼穑者而言，吃菜时绝对联想不起种菜时付出的艰辛与汗水。翻地、播种、浇水、除草、施肥，直至采摘，任何一个环节都有一定的难度系数。

暑假里，炎炎烈日炙烤，大地一片龟裂，人远离了菜地，心却多了一份牵挂，老是担心菜苗干枯，希望落空。好在几位热心的同学顶着酷暑一次次返校浇水，菜苗们才逃过一劫。半月假期一过，先前刚钻出地面的菜苗窜到半人高了。其实，菜们的苗壮成长更是汗水沃灌的结果——在毒辣的太阳下，走几步都会大汗淋漓，何况还要手脚不停地忙碌呢？还有上山砍树枝给豆角搭架子，总共也不过两畦菜，却要动用十几个棒小伙在山里奋战几个小时，每一根树枝上凝结着多少辛勤的劳动呢？最难忘的是，一次让几个同学去600米外的猪场挑猪粪，桶翻粪洒，肥料还没有滋润菜苗，先浸染了一个同学的衣服。

好在天道酬勤，在几十双目光的关注下，在几十双手的侍弄下，在几十颗心灵的呵护下，豆角开出淡蓝的小花朵，继而结出了比筷子还长的豆角。空心菜也一片葱绿，在微风中自由地舒展着叶片。

在那片小小的菜地，我们用汗水浇开了丰收的喜悦。

然而，忙了两个月，牵挂了两个月，收获的只不过40斤豆角和20斤空心菜，折换成钱，不过百把块，辛勤劳动的代价是不是太低了？并且由此我想到农民讨生活之艰难，倘若再供一两个孩子读书，一定要咬紧牙关才能挺得住。要是孩子不懂事，花钱不问来历，不知心疼，与别的孩子比吃比穿比玩耍比享受，我真的不知道他们的父母从羞涩的口袋拿什么来填充他们的无知的欲壑。

俗话说"开什么花结什么果"，的确，这个世界上除了万物之灵长人类之外，其他如有生命的菜和无生命的土地，都格外讲究诚信。它们踏踏实实地立足于既定的位置，在恰当的时候做恰当的事情，该发芽时就有一点嫩绿钻出地表，该开花时就有淡蓝的花朵挂满枝头，该结果时就有细长的豆角在风中摇曳。老老实实，童叟无欺，既不会消极怠工，又不会故意拖沓，更不懂得找种种借口搪塞。一句话，种菜永远不会有被欺骗的失落和郁闷，菜带给人的永远是可以预期的喜悦。

头天晚上你还没有看到豆角秧有异样的变化，第二天一大早，你会突然发现竟有一两朵忍俊不禁的笑容绽放于枝头，如此鲜艳，如此明媚。类似的不虞之喜将目光一次次点亮。

人说"人非草木，孰能无情"，我看这话有点夜郎自大。草木怎么会没有灵性不讲感情呢？豆角苗长得有半人高了，大家忙着给它搭架子，那些柔嫩的藤蔓懂得人的意思，更知道用实际行动表达感恩，就主动地贴近架子，慢慢顺着往上爬。要是有一两条追求个性独立，偏要向空中伸展，你只要轻轻把它拉上架子，它绝不会执拗，知道路走错了，就坚决修正，迷途知返——成长的季节，我们当然也没理由苛责什么。

还有冬瓜，如果藤蔓不小心纠缠了豆角秧，你小心地将它们隔离开来，把它放在空地上，它一定不会摆出一副难舍难分的矫情架势，而只是默默伸出触须，朝你希望的方向延伸。

种菜当然少不了与杂草战斗。其实土地最公平，凭什么只能长菜不能长草？菜草之别只是人类的一家之言，实际上它们有着兄弟之谊。可自私贪婪的人们竟厚此薄彼，毫不留情地必欲除草而后快。

有两种草很特别。

一种有着暗红色的茎，生长速度慢，特别根深蒂固，掐掉露出地面的生命容易，除根却很难。一次浇透水后，我挖地三尺，终于将一条根完整地拔出。它仿佛未卜先知，早就料到人类不会轻易放过它，也就早已做好潜伏的准备，下定决心要与人类打一场旷日持久的战争。你消灭了它的叶茎，只要过两天，老谋深算的根又会重新释放出生命的信号。对这样的对手，我们无法不深怀敬意。

另一种则叶子尖细，通体碧绿，混迹于菜苗中，俨然有用之才，风来就轻款纤肢，雨过则生机盎然。消灭它很容易，只需稍一用力，便可连根拔起，你要嘲笑它们"头重脚轻根底浅"吗？且慢，别忘了它们也是春天的孩子，也是土地的宠儿。它们繁衍滋生得特别快。所以当你费了九牛二虎之力后暗自庆幸"草终于被彻底铲除了"时，我说你别高兴太早了，不信，第二天早上你去看，毛茸茸的尖脑袋又悄然集结。它们在以顽强的生命力向你示威——生命是坚韧的，即使是草的生命。

　　心灵的土地上生长的同样既有智慧之苗，又有恶习之花，除草之难尤胜于斯！

冬日颓园

有清以降，很多士大夫官场失意后，就将平生积蓄倾注到亭台楼榭山水土石花鸟虫鱼上，在草长莺飞蓝天绿水的江南修个大大的园林，俯仰之间，即可神游山川，寄情林泉，暗含着退隐江湖之意。

而我，则为了躲避一场无聊的纷争，与颓园不期而遇。

不知是我心如颓园，还是颓园如我心，反正在那个寂寥肃杀而又苍凉的冬日里，我的脚步叩响了颓园。

其实那只是一座几近废弃的旧院落。枯叶满地，但对我疲惫的脚步倒是一种柔软的慰藉。软软地踩在上面，如同海水悄悄弥漫过来一样，那种感觉刻骨铭心。风干的野草在寒风中瑟瑟发抖，锯倒的树干僵尸一般横陈着，而枝柯则正如我彼时的思绪，杂乱无章地堆积着。仿佛是宿命的安排，第一眼看到它，我不禁怦然心惊，心里就为它取好了名字——颓园。真的难以意料，如今接纳我的倒是这么一座颓园，也好，在这儿安放我的心情再好也没有了。

于是便心安理得与颓园相濡以沫。我仿佛置身事外，远离了紫陌红尘，远离了世俗喧嚣。佛法有云"跳出三界外，不在五行中"，我也算得契合这境界了。

在颓园里，最热闹的莫过于清晨和黄昏了。早上，熹微的天光姗姗来迟，鸟儿殷勤的歌唱已将我从慵懒的梦中唤醒。鸟儿也不是什么金丝雀，是如我一样草芥的麻雀，麻雀有数百只之多吧。它们嬉戏在颓园边上的方寸竹林里，叽叽喳喳、争先恐后地展示自己的歌喉。也许是我的靠近让它们吃惊了，大家竟然不约而同地噤声了。沉默。刚才还喧哗得近乎歌剧院，此刻却静谧得能清晰地听到一片雪花缓缓飘落。我正在为我的冒昧抱歉，大合唱又蓦地爆发，是欢迎我吗？想来，在颓园里，我也算得是它们唯一的知音了。岳武穆曾悲凉地低吟道："昨夜寒蛩不住鸣，知音少，弦断有谁听？"昔人引凄切寒蝉为知音，我也有这么多麻雀轻轻拨动心弦。颓园的东北角微有缺口，像是谁特意吩咐过的，叫给东升的旭日留下个位置。冬日的朝阳让人觉得很亲切。光线一点点地挪进颓园里，麻雀们在我沉湎于往事时悄然离开了，怕惊扰了我的思绪吧。这些个小精灵。一到夕阳西下，它们又按时返回到小竹林，继续它们永远的歌唱。伴青灯古佛者有暮鼓晨钟萦绕耳畔，我呢，则有暮歌晨曲低回于心间。白天，如果幸运，还偶或能听到啄木鸟"咚咚咚"地叩问树木们的心事。也许还有花喜鹊喜气洋洋的欢歌，如一团小小的火焰，将整个冬日烘烤得爽心悦目。

我还该感谢颓园里丛生的荒草，它们使我的枯坐充满了诗意和哲思。仰望天上云卷云舒，不知眼前的这朵还是去年我驻足凝眸过的吗？白云苍狗，世事难料，果如古人言。再俯首看看园中的野草，心灵深处会顿生一片宁静淡远的空明澄澈。岁月匆匆，四季轮回，它们荣了又枯，枯了又荣，无怨无悔地遗世独立，不奢求欣赏的目光，亦不妄谈命运的多舛，只是在属于自己的位置上默默地丈量着生命的行程。人，其实并不比这些野草高明，但一定比它们多出几分不可一世的狂妄和难以填满的欲壑。莎士比亚不是曾如是揶揄人类的生命吗？"除了充满了声音和狂热，里面空无一物。"这令我格外怀念起杨绛先生的一首译诗："我与谁都不争/与谁争我都不屑/我热爱生命/其次是自然/我双手烤着艺术之火取暖/火萎了/我也要走了。"

要是能下一场雪（不要太大，能浅浅地覆盖颓园的心情就好）就更妙了。小心翼翼地踱到一角，任风掠过发际耳畔，任雪轻抚脸上的沧桑，小小的心空里竟弥漫着无边无际的孩童般的愉悦。

在我生命的冬季，幸遇颓园。颓园里的小生灵以及氤氲其间的静谧自在氛围，如一簇簇乍开的红梅，在那个冬季，不，在我的全部生命中，散发着挥之不去的淡香。

对一幅画的解读

虾，实为水族中的"草根"。有童谣为证："大鱼吃小鱼，小鱼吃虾米，虾米吃土粒。"处于食物链次末端的虾自然是不折不扣的弱势群体。所以文人画士不屑多看它一眼。以画虾名者当推白石翁，此老亦崛起于阡陌，怀抱一颗眷顾"草根"的心也在常理。不过，老先生笔下的虾虽则满纸生机灵动，但多为在水底嬉戏冶游之流，或一只独享宁静独自逍遥，或三两只结伴玩耍其乐融融，怡然自得的和谐图景令人莞尔——即使身处下贱，亦能苦中求乐，绝不怨天尤人。的确，人何尝少得了这种心态呢？

元成兄的虾却让我们领略到了"草根"的另一面。他一口气画了16只虾，将它们分为四个方阵：第一军团很庞大，有7只，它们伸出长长的鳌钳，用力划水，奋勇前行，有的唯恐落后，索性将身体弯成倔强的弓形，要不顾一切地把自己弹射出去吗？第二梯队仅有2只，它们仍保持着奋力拼搏的姿态。第三批共5只，它们绝无停留之意，更无丝毫懈怠之色，没有长途跋涉的疲惫相，也没有借娱游一解旅途寂寞的企图，它们仍是决绝地伸展着所有的手臂。落在最后的2只似乎还年幼些，体力稍显不支，但它俩仍似在相互鼓励，勉力追赶。细读这16只目标唯一方向一致的虾，我既深切感到团队力量之巨，又分明悟出个体生命之勃发，我心仪于它们知其不可而为之，虽百折而锋不可挫的锐气，又震撼于它们那种勇于担当舍我其谁的儒家精神。

画面上的虾在面对无法选择的命运，有的只是不屈的抗争，有的只是奋勇的拼搏。既然现实不可改变，我们就改变自身吧，让自己做一只勤勉的虾，一只"不坠青云之志"的虾。所以元成兄的题咏诗不无深情地吟道："寥廓江湖远，风波任我行。雄心向大海，犹自问龙宫。"

中国画讲究的是客观物象的人格化，与"文以载道"的为文传统异曲而同工。元成兄笔下的虾可不可以也理解为一种象征或隐喻呢？生长于草野之间的元成兄，年已不惑，虽然冯唐易老，但他决不肯一任岁月蹉跎，常埋首于经史子集，伏案不止，笔耕不辍，以文学、书法和绘画表明自己的人生追求，从不愿贪图须臾之乐。他笔下的虾将身体弯成弓，不管前面是急流险滩，还是暗潮汹涌，它都会奋不顾身地将自己的生命弹射出去。他画的是他自己吗？

去年仲夏，他挟一卷轴骤至，遗我以这幅群虾图，想来在他心中，我辈亦如虾，惺惺相惜之情，殷殷勖勉之意，殊令我心涌感喟。

葛藤之思

秋天刚刚转身，初冬就迫不及待地接管了这一片天地，肃杀和枯槁就开始肆无忌惮地四处蔓延。草木仿佛听到一声号令，纷纷主动交出贮存已久的绿色和生机，即使那些拼死抵抗，誓不凋落的绿色，也失却了往日的润泽，而变得垂头丧气。

这时梧桐树上却有几簇绿色的火焰在燃烧。梧桐叶枯黄的舞蹈早已谢幕，这绿却是攀缘而上的葛藤叶。你看它的绿巴掌虽已不如夏日里绿意盎然，但在初冬的风里仍能拍得响亮。它脚下的同类们早已匍匐在地，叶落藤枯。想来，这些可怜的凌冬先殒者此刻定然会对高枝上的兄弟艳羡不已吧，它们会不会涌出丝丝悔意呢？为当初的安于现状，为当初的疏于用功，抑或为当初对勇攀高枝的兄弟们的嘲讽。

仰视着那些舞动的绿巴掌，再看看周围的植物，便觉得这对比的力量太过强大，我心里不禁掠过一层不祥的阴影——以如此单薄脆弱的力量对抗着自然的伟力，我实在不知该赞美还是该诅咒。

果然，第一场雪不期而至，虽然零星的雪花覆盖不了地面，却足以摧毁葛藤叶的生机和活力。仿佛就在一夜之间，叶片枯萎，藤蔓死寂。绿巴掌欢快的声音竟成绝响。

由此，我想到了曾巩的一首绝句《咏柳》："乱条犹未变初黄，倚得东风势便狂。解把飞花蒙日月，不知天地有清霜。"春日里，在骀荡的东风庇佑下，柳条由嫩黄而翠绿而柳絮飘飞，将生命的价值推演到极致，然而，"天地清霜"却无情地扮演着最后终结者的角色。

看来，在天道面前，再张扬再强悍的生命最终也只能以颓败结局收束。柳如是，藤亦如是。

真的只能这样吗？

还有下一个季节的轮回呢。思及此，我紧缩的心舒展开了。

黑 脸

在京剧脸谱中，黑脸如张飞包公者，皆为忠肝义胆的楷模。其实，即使在芥子草民那里，黑脸也是忠厚善良朴实勤劳的象征。

当年，生就一副黑面皮的宋江为兄弟情谊，向贪婪背叛的阎婆惜痛下杀手，为黑脸一族挣足了面子。而白脸不幸成了奸佞狡黠的符号。谚语说"小白脸子，没好心眼子"即为明证。想来西门庆大官人定然生着白净面皮吧。

可如今黑脸早已惨遭冷眼，倒是白脸——尤其经常绽放着微笑之花的白脸，占尽风光，独享青睐。追溯原因的话，或许与时代进步有关，毕竟农耕文明被工业文明取而代之了，人们的审美观自然发生了变化，黑脸才江山不保，禅位于白脸的。

区区在下承蒙父母不弃，赐予贱命一条，却又裹以黑皮囊一副，从此冷漠丑陋之名便如影随形。妻子单位里一潮女就曾感叹："包公黑到什么程度，见到你家老公才算真正领教了。"我想她当时的口气应是揶揄交织着鄙夷的吧。黑脸这么落后，这么老土，这人怎么一点都不与时俱进呀，还满世界以黑脸示人。不过我还是有点诚惶诚恐，愚鲁如我者，岂敢与流芳百世的包青天比肩？得此不虞之喜，还得感谢咱这张黑脸。

不过，更多时候我替自己鸣不平，就像雨果笔下的笑面人，脸上笑靥如花，心里却备感凉薄。我给自己颁发的辩解词是"脸虽黑，心却红"，惜乎心无论如何红，谁人得见？可是这张黑脸名片无论展览到哪里，都会惹得别人皱眉撇嘴，黑得太直观了呗。

清人黄苏评稼轩词《摸鱼儿》时有一句妙语："持重者多危词，赤心人少甘语。"如果文如其人的话，那么辛弃疾也该是一张黑脸。

郭沫若的《炉中煤》似乎也是黑脸者的真情告白："你该知道我的前身？你该不嫌我黑奴鲁莽？要我这黑奴的胸中，才有火一样的心肠。"我想说，虽然我脸黑如煤，但我的心亦愿为你燃烧。

快乐有毒

瞿秋白临刑前饮壮行酒，至半酣，妙语曰："人公余稍憩，为小快乐；夜间安睡为大快乐；辞世长逝，为真快乐。"在秋白看来，事业有成、权柄在握、香车宝马、玉盘珍馐……均与真正的快乐无缘。甚至不妨说人世间所谓的快乐往往有毒，是裹着快乐糖衣的毒药。

唐玄宗和杨贵妃确拥有一段快乐之极的时光，彼时，李则"三千宠爱在一身""从此君王不早朝"；杨则"云鬓花颜金步摇""芙蓉帐暖度春宵"。双宿双飞，郎情妾意，携手共登快乐的九重天。孰料快乐加身之时，亦是毒性发作之日。"倒也。"我们似乎清晰地听到快乐掩口葫芦而笑的小样儿，"任你奸似鬼，也得喝咱的洗脚水。"这是一击必中后的得意。果然，李杨二人被毒得"此恨绵绵无绝期"，李三郎金瓯一缺千古骂名传，杨玉环香消玉殒魂归离恨天。快乐之毒深矣！

按说有些人生的弯路是可以绕开的。晚唐李煜却未能"见不贤思不肖"，他与玄宗几乎如出一辙，亦是飞蛾扑火般义无反顾地奔向快乐。他沉湎于美色带来的感官快乐，沉湎于不务正业的艺术创作带来的心灵快乐。毫无疑问，他也是身中快乐之巨毒，不仅"无限江山，别时容易见时难"，还被宋太宗以一壶"千机"（一种足以与鹤顶红相媲美的剧毒）夺去了卿卿性命。快乐之毒谁与相抗？

不仅两位李姓帝王不惜以江山或性命来试毒，感性至上的普通女性也极易中快乐之毒。潘金莲即是个中好样板。她不满自家丈夫身形短小形容猥琐，遂与西门大官人一步一步攀登上快乐的峰巅，然而她至死也没悟出快乐的毒性有多大。其实稍有理智，她就该明白，在通往快乐的途中，必然会有一支淬了毒的箭矢在等待时机，准确地洞穿她的七魂六魄。快乐之毒确乎防不胜防！

"骄傲无知的现代人"中起快乐之毒，更是奋不顾身。为逃避学习之苦，以网络为家，在虚拟的空间获得的是暴力血腥的快乐，还是毒性发作的痛苦？在灯红酒绿中疯狂的"哈粉"一族，眼前闪现的是真正的快乐，还是空虚之后痛入骨髓的幻灭感？为尽享事业有成的快乐而不择手段不惜代价时，他中的毒有什么特效药救治呢？

四川唐门素以毒名动江湖，其中的"笑笑散"恐怕就是以快乐为原料配制的吧。让人在欢笑中身体渐渐僵硬，在快乐时七窍缓缓流血。快乐之毒夺命于无形，真真令人色变震恐。然而，芸芸众生之中，哪个不想永远快乐呢？"明知山有虎，偏向虎山行。"世人对快乐的追求可谓是前仆后继，原因则既在于"人生苦短，譬如朝露"，不如索性及时行乐，也在于人生的册页是从啼哭始又以哀号终的，于是妄图以快乐填塞其中。总之，与其在苦海中挣扎，不如在快乐中死去。

其实，人的一生哪里有高纯度的快乐呢？在秋白看来，小憩、酣睡、命赴黄泉才能真正地放松身体，慰藉心灵。空虚无聊、寻找刺激、自私贪婪带来的虚空快乐都是淬了毒的。

《孔子家语》载：子贡一次学习疲倦，请求休息。孔子说"生无所息"。这当是夫子的人生观和快乐观，在这面镜子面前，大家都不妨照照。

真正无毒且永恒的快乐也许正是辛勤耕耘。这是不是秋白话语的另一种解读呢？

而且，巧合的是，马克·奥勒留在《随想录》里也旗帜鲜明地反对那种虚空的快乐。他说："完善的人没有一个会后悔拒绝了感官的快乐。这样的快乐既非善的亦非有用的。"他甚至感叹："有多少快乐是被强盗、弑父者和暴君享受啊！"（这也是一种酸葡萄心理的反应吗？多少有点愤青吧。）这话似乎与《窦娥冤》中"行善的受贫穷更命短，造恶的享富贵又寿延"是隔墙邻居。

崇尚速度的李白

　　时至今日,我们隔着千年历史尘烟编织成的帷幔,仍能清晰地看见,在大唐的万水千山之间,穿梭着一个风一样疾速却又潇洒的身影,那是漂泊者李白。

　　生长于中亚细亚的李白,血脉中澎湃着游牧民族的激情与豪迈,这就注定了他要以漂泊者的形象进入大唐的视界。如同所有酷爱在马背上颠簸的游牧者一样,李白的心也是一辆没有终点的列车,一叶没有港湾的扁舟。他的灵魂只有在路上,才是最快乐最自由的。难怪他说"且放白鹿青崖间,须行即骑访名山",看来他早已做好了随时出发的准备。

　　既然漂泊是无法逃避的宿命,李白也就心甘情愿地写道:"夫天地者,万物之逆旅;光阴者,百代之过客。"万物赖以寄托的天地只不过是一个旅馆(也许在有些人眼里是五星级的),主宰一切的时间也不过是匆匆过客,脆弱而短暂的生命个体又何异于蜉蝣,何异于尘埃?于是李白的一生便交付给了异乡他地。

　　人在旅途的李白却又是一个寂寞难耐者,想象一般渺远的路途,毒蛇一般缠绕的夜晚,似乎永远也走不出的凄风苦雨,间或传来友人惨痛的遭遇,都让他诗意的心灵难以承载而倍受煎熬。于是李白希望自己能早日结束生命的行程,于是他向往并沉湎于对速度的追求。"轻舟已过万重山""千里江陵一日还",你看,轻舟激荡起欢快的浪花,心都被侵染得湿了,此乐何极?千里之遥却朝发夕至,在飞驰中,所有疼痛的往事,所有悒郁的心结,都随着山山水水后退,最终淡远成前世的一阵云烟——速度几乎成了李白安放灵魂的摇篮,即使不识趣的猿还在哀鸣嘶叫,也唤不醒李白短暂而又甜蜜的梦。

　　性急的李白也清楚地知道,人生苦短,譬如朝露。他的理想其实也无非是在有限的漂泊生涯中,留下更多的诗意,更多的啸傲,更多的浅吟低唱,所以他在悲声长歌"朝如青丝暮成雪"的时候,就唯有选择去如飞鸟疾如闪电般的速度,在速度中永恒,在速度中飞扬,在速度中张狂,而绝非温柔敦厚的内敛与绵里藏针。他奢望"一夜飞渡镜湖月",鉴湖风景如画,他要以空中疾速飞翔的姿态与视角,将灵动的山水尽收眼底,尽蕴于胸,以洗脏腑,以浇块垒;他欲化身而为"飞流直下三千尺"的飞瀑激湍,在迅速下坠的刹那间获得永生。他甚至于害怕一段友情终成一片空蒙的往事,于是他决定将一腔关切和担忧托付给风与月——"我寄愁心予明月,随君直到夜郎西",彼时彼刻,还有什么比速度更能遮挽朋友渐行渐远、渐远渐弱的脚步呢?

难怪余光中先生戏题诗曰"与李白同游高速公路",不过余先生虽是解人,李白却未必喜欢高速公路——官样文章一样的直露与无聊,一览无余的浅薄和空洞,李白如何看得上?

有酒,有山水;有诗,有速度,这才更接近李白的境界。

暗　器

　　江湖儿女的一门必修课是暗器，这要讲究认穴准确无误，指哪儿打哪儿，更要求力度角度都拿捏得恰如其分，尤其需琢磨好发射的时机。唯其如此，方能将暗器的功能发挥得淋漓尽致。暗器之大者当推飞刀，其形体愈是雄伟，听风辨器愈清晰，闪避自然愈容易。可小李飞刀又有谁能避开呢？在例无虚发的小李飞刀面前，狂傲如上官金虹者亦难逃一劫。李探花的秘诀何在？心中有刀，刀人合一，既臻化境，已窥天道，自然避无可避。小和尚虚竹在少林寺大战星宿老怪丁春秋一节，令观者心驰神往。那曼妙的身法和俊逸的招式还在其次，唯那一手化酒为冰，而后准确无误地将生死符种入丁春秋的几处要穴的暗器神功叫人倾心——生死符当是最神奇的暗器之一种了。其他如暗器王林青一举射杀登萍王的丹青画笔，天山剑侠凌未风那肉眼几不可视的天山神芒，均为当之无愧的神兵。

　　最歹毒的暗器有三：一是四川唐门那无处不在而又喂了剧毒的暗器，见血封喉，杀人于无形；二是东厂的血滴子，一旦遭遇拦截立即轰然炸裂，如牛毛如细雨的暗器顿时织成一张细密的大网，从四面八方扑来；三是伪君子岳不群杀害定逸师太的那枚小小的钢针，不仅来无影去无踪，而且似有现代导弹的制导功能，死死咬准目标，一击必中。

　　难怪有那么多江湖中人命丧暗器了。我们有理由相信，毙命于暗器的英雄儿女一定多于死于刀光剑影之下者，毕竟"明枪易躲，暗箭难防"。真正能摘叶飞花抵御暗器的侠之大者，有几人欤？

　　不谈江湖，反观现实，我们竟然发现，在这俨然迥异的两界之中，却有着许多令人惊诧的相似。现实生活中的芸芸众生在暗器的造诣上丝毫不逊色于江湖豪侠。虽则他们没有深厚的内力，甚至缺乏任何武学修为，却能将手中暗器分毫不差地送到该去的地方。如此看来，这要感谢小说家们的智慧了。他们笔下的暗器绝非无缘之水无本之木。

　　君不见官场之中不少人皆是暗器高手。国民党资深政治家连震东老先生（连战之父）有句名言："搞政治如骑脚踏车，头要不停点，脚要拼命踩。"其实向上级的每一次深深的点头，每一朵灿烂的微笑，无疑都是一枚枚无法躲闪的暗器；而使尽浑身解数拼命踩别人的那一双脚（当然包括"无影腿"），亦必是无坚不摧的利器。

商家的暗器就更为繁富，大有"乱花渐欲迷人眼"之势，发射手法尤为丰富多彩，几乎让人无所闪避，所以俗话说得好："南京到北京，买家没有卖家精。"在这些暗器高手面前，受伤的注定都是我们顾客。"顾客是上帝"——好一枚焠了毒的暗器，宰的就是你这上帝。"微笑服务"——殊不知这微笑也是杀人于无形的暗器。至于假冒伪劣更是一柄柄寒气森然杀人不见血的飞刀，几可与小李飞刀争锋。"让利销售""买一送一""挥泪大甩卖""清仓大处理"——无一不是夺命飞镖。至于不法奸商如赖昌星者，他们可谓是一代暗器宗师，在他们看来，不唯谄媚的笑容是暗器，红粉佳人金钱古董满汉全席香车宝马桑拿洗浴都可被信手拈来，成为百发百中的暗器，即使与天山童姥的生死符度长挈大，绝对没有丝毫逊色。受制于生死符的洞主岛主们除了绝对服从之外，还有别的选择吗？同样，被赖昌星们所控制的官员也只能俯首帖耳，不仅官格，就连人格也自动坠入狗道。当奸商得意地狞笑着对某官说"你以为你是高高在上的人民公仆吗？你只是我饲养的一条狗"时，他心里一定充满了一招得手后胜利的喜悦。难怪毛主席他老人家早就预言了糖衣炮弹这枚暗器的杀伤力。

别以为市井百姓都是善茬，他们之中亦不乏暗器高手，不过他们的暗器多是口水制造，民间版本的暗器高手"飞短流长"，虽则单一，却也能屡建奇功。流言，无疑是一种古老的暗器，为江湖做出过不朽的贡献。可怜的是一些"弱势群体"，他们或许手中也握有一样暗器，惜乎脸皮尚不够厚，心肝尚不够黑，心在颤手在抖，根本不敢发飙。所以受伤的注定是这个群体中人。

不知道现实生活中是否有像王重阳张三丰等正道大宗师，一生既不受伤于暗器又绝不用暗器伤人。我怀疑这是小说家天真的理想。

表情是写在脸上的诗行

中国人讲究韬光养晦，讲究城府心计，讲究宠辱不惊，所以，"泰山崩于前而色不变"者的修养才算进入化境。《世说新语》中记载谢安在得知淝水之战胜利的消息后，表情和口气都极为淡泊，宛如深秋时节那朵最淡远的菊花，与客人围棋如故。好家伙，这脸上的窗帘拉得可真够严实的，换了别人，早一跳八丈高，雀跃欢呼不足，还需仰天长笑，脸上定然红梅怒放。于是谢丞相成了后人的偶像：啧啧，看人家这修养！！

李宗吾先生主张成大器者必须脸皮厚心肝黑，是谓"厚黑"。心肝黑自是不易，单是这脸皮厚就极难修炼。为什么脸皮一定要厚呢？唯有厚才能遮蔽内心的喜怒哀乐，才不至于让内心的真实想法春光乍泄。这就如同乌云遮蔽太阳，乌云越厚，阳光就越不可能透出来。如此厚如城墙的脸皮遮掩之下的内心世界像什么？一泓古井，一泓波澜不惊却又暗藏杀机的古井；一个陷阱，一个貌似寻常而又无法逃脱的陷阱。所以金大侠笔下的武林高手多半是不苟言笑的（其实他的心就是杀人于无形的利器），即使是年轻后生，也一定是面色挂霜的少年老成者。这种对手，不要说过招，四目相向，杀气已然浸入骨髓。

如此冷酷到底的脸该有多累呀。脸，本该是心情的晴雨表，真实而自然地袒露内心，不虚饰，不矫造，该笑时笑他个春光烂漫花枝乱颤，该怒时脸色铁青，将满脸的愤怒化为金刚怒目。孤独时，一脸的落寞寂寥，一如严霜后的原野，肃杀而冷清；悲伤时，放任泪水如蚁，爬满面颊。无情未必真豪杰，多情未必不丈夫。我哭我笑，尽情地写到脸上。将脸作为一张属于自己的画纸，率性涂抹阳光和阴霾。做一个真性情人，岂不轻松自在？也许有人说这样太幼稚，这样太没修养，管他呢，我要做我自己。

上帝既然在造人之后，又赋予了人类丰富的表情，那么我们何必浪费这笔宝贵的资源呢？让脸上的表情如花，开放时姹紫嫣红，枯槁时山水失色。无须强行攀折，无须吝啬，更无须勉为其难，这才是悉心珍惜并呵护表情——这写在脸上的诗行。

古典的月色

晚饭后，忽见阶前一方月光静静地铺开，一抬头，一轮圆如盘润如玉的明月，赫然悬挂在淡蓝的天幕上——又是一个月圆之夜，不禁逸兴遄飞，信步走出钢筋混凝土筑就的鸽子笼，去寻访朦胧的月色。

一条宽阔的柏油马路仿佛总也走不到头，华灯竞放，月的光华竟有些黯然失色。一路上，车流如潮，浩荡而来，呼啸而去，扬起的尘埃和甩下的汽油味悄悄地落在心上，渐渐覆盖了萌动于心的那份闲情逸致。而且月的容颜不断被高耸入云的建筑物粗暴地遮掩，一再无礼地打断我与月的对话。唉！我不禁涌出一声浩叹，不知这是月的悲哀还是我的无奈。原想一晤久违的月，却难遂心愿，虽有朗月清韵，却找不到一块净土静静地品味玩赏。

我伫立在一棵树旁，向月亮黯然地致意。又一条车流从我眼前绝尘而去，其中一辆还响起尖锐的笛声。在心惊肉跳之余，我又替月亮庆幸，幸亏它与太白和东坡等雅人解者在没有汹涌起现代文明的繁华之前就相知相悦了。有知己"相逢一笑，莫逆于心"，此一幸也；有暗香浮动静若处子的幽境，实大幸也。

然而我又替古人惋惜，风花雪月的浅吟低唱早已被狂歌劲舞置换，花前月下的古典浪漫亦被酒吧歌厅代替，哪个俊男靓女有耐心长途跋涉到郊外一诉衷肠？"床前明月光，疑是地上霜。举头望明月，低头思故乡。"这份乡愁或许还氤氲在每一个游子（现代的游子比古代多出何止千百倍）的心头，但是谁还会将对故乡的思念寄托给明月？朝发夕至的便捷交通，一拨即通的通信工具，很轻易地拨开乡愁的乌云，要不然三杯两盏淡酒也足以迅速在第一时间扑灭心头的思念之火。什么"月是故乡明"，明月传情是哪辈子的事呀，多老土。"玲珑望秋月"的闺中女子遥远得如前世的梦境，"举杯邀明月，对影成三人"的孤独者更有精神病发作之嫌。"我寄愁心予明月"的朋友一定是个只讲口惠不肯出血的伪君子。"愿逐月华流照君"的痴情妻子也太不通世事了，他养小蜜，咱傍大款，干吗非得穷追不

61

舍呢？与精明的现代人相比，古人岂不都要永远饮恨黄泉了？那些精美的诗句蕴藉的意境在现代人眼里化为一朵朵烟花而已，轰然炸开，五彩缤纷绚烂夺目，但这瞬间的繁华之后呢？这烟花般寂寞的月色真的成了一道永远的伤疤。蜡炬已成灰，纵使泪水流干又能遮挽住什么呢？

也许月亮还是该永远躲在汉风唐韵或两宋明清的天空上，如今即使圆满如梦想皎洁如明媚的笑容，在现代人眼里与"夜色深沉凉如水""风雨如磐黯故园"有什么区别呢？徒让人憔悴消瘦，徒让那枚古典的月亮如钩般残损寂寞——是呵，回首月亮，从来都与寂寞孤单相连，就连朱自清先生在朦胧月色下，发出的仍是一声荷香一样的叹息。可现在谁还有空寂寞呢？这个词早就成了奢侈品了。

张爱玲在《金锁记》的开篇惆怅地说："年轻的人想着三十年前的月亮该是铜钱大的一个红黄的湿晕，像朵云轩信笺上落了一滴泪珠，陈旧而迷糊。"诚哉斯言，痛哉斯言。不知若干个三十年后，月亮会不会永远淡出人们的视野和情感。

我并非一个是古非今的呓语者，只是每思及许多美好的古典情怀风流云散，心头就不觉缠绵起一缕感伤的情愫。董桥在《文化的眉批》中曾借Recard Newman之口表达他的担忧："过去四十年，文学一再贬值。"随着文学的衰落式微，与之相关的许多物象都必然备受冷落，皮之不存，毛将焉附。工业、后工业文明一日千里，文化上的浅薄谁又能拯救呢？

蓦然回首

下放那年的初冬时节,你出生在淮河东边的一个小山村里——从淮河渡口沿着一条鸡肠子似的小道要走八里路。奶奶活着的时候这么对我说。最后一次听到这话时,我已是十三四岁的少年了。在朦胧的想象中,下放,地富反右的大帽子,村里的异姓异端,再加上我那一声羼弱得如同一根初冬的衰草一样的啼哭,当然,还有点点滴滴的冬雨和一阵紧似一阵比刀子还锋利的凄风,这些就构成了我出生时的背景。

这个背景的主色调注定是深灰色的。

你和余云容是一年的,都是雨打南瓜叶时到来的。奶奶活着的时候这么对我说。余云容是村里一个高挑白嫩的新媳妇,我怎么会和她一年呢?我满怀疑惑,奶奶的笑纹便从嘴角一圈圈地荡漾开,满脸的皱纹便是笑的涟漪了。傻孩子,你们是同时到村里的呀。时隔重重时光的帷幔,我的耳边似乎总响着两个声音:噼里啪啦的鞭炮声炸响苦难的日子,滴滴答答的雨点轻叩南瓜叶枯黄的心事。这声音仿佛是一种诉说,一种无奈而又无助的叹息,没有丝毫喜庆的颜色,只是点点滴滴没有尽头的忧郁。这或许就是我性格中宿命的部分。只是不知道余云容(我猜想她的名字暗含了"云想衣裳花想容"的诗意吧)如今在小村里的日子是否过得有声有色有滋有味。

时间的河流匆匆地带走了三十多载岁月,也将我曾经瘦弱的身影远远地带走。但在万水千山之外,小村却总在一个意想不到的刹那间,突然攻占整个心灵和回忆,而后又倏然淡出。

老实说小村除了塞给我那些比树叶还稠密的苦难之外,留下的无一例外都是灰色的辛酸回忆。就是在那片瘠薄的土地上,埋葬着我的母亲。近三十年了,"妈妈"这个词在我们兄弟姐妹口中早已黯淡生锈——虽然这个词上曾沾满了阳光。对母亲的回忆也是少得可怜,镌刻最深的是有一年雨打南瓜叶时,她趁着哥姐们不备,偷偷塞给我一个鸡蛋,温温的(这可能是我心灵和情感永远的温度)。那个鸡蛋给我的小手带来的温暖,是真真切切的母爱——我如今唯一珍存的细节。

　　你在大人下地干活之后，经常饿得傻坐在破院子里，两眼发呆，有气无力地叫着"饿，饿"。大姐在一次回忆往事时如是说。她说，那时全家人都认为你活不下来。的确，我不仅一出生就被无边无际的饥饿围剿，而且还不断被疾病折磨，被死神纠缠。还记得在酷暑的正午，我裹一床破棉被在毒花花的太阳下牙齿剧烈地碰撞，身体止不住地颤抖。那是我一生中的冷！因发疟疾，好几次都徘徊在奈何桥上了。

　　一年冬天，我又连续高烧不退，父亲拖着一天的疲惫，背着面条一样软的我连夜过河看病。哗哗的水声将我从昏迷中唤醒，躺在父亲宽厚的背上，我又幸福又难过。那个冬天，那个夜晚的河水永远在我心里流淌，哗，哗，哗，那是父亲焦急而又艰难的涉水声。

　　那晚的河水是不是冷入骨髓，父亲？

第一条新裤子

小时候家穷，一直到读初二，过年都没穿过新裤子，都是哥姐的衣服稍加改装的。记得一次甚至穿了一条蓝得泛白，而且是姐姐侧开口的裤子度过了新年。我抗议也罢，哭闹也罢，最后还是乖乖地穿上了，好在裤子还没有补丁。虽然奶奶经常唠叨"新三年，旧三年，缝缝补补又三年"，但在我心灵深处，还是有一个希望，种子一样顽强地萌芽并生长：穿一条属于自己的新裤子过年。

那年，家搬回到小镇上，爸爸开始做生意，家境似乎也渐渐好转了。长期潜伏在我心里的那个希望又不断地跳出来，我仿佛看见自己已经穿上了一崭新的、熨得格外板正的裤子，在充满喜庆的火药味的新年里欢呼穿梭。可是最终这个梦想还是破灭了，如一个美丽的肥皂泡"啪"的一声爆裂了；像一朵秋天的蒲公英，在瑟瑟的风中飘向遥远的远方。

第二年，爸爸的店子里卖上了成衣。我经常看着那些崭新的衣服发呆，心里一面也在暗暗挑选自己喜欢的衣服。一条深咖啡色的裤子磁铁一样牢牢地攥住我的目光，把我心里的那个沉睡许久的梦又逗引出来了。我常常祈祷：这条裤子千万别卖出去。爸爸此前也曾许诺最后卖不完的衣服可以让我们挑选。哥哥迫不及待地将一件上衣严严实实地藏了起来，惹得爸爸对他饱以一顿老拳。店里的衣服越来越少了，每当一位顾客满脸笑容地拿走一件新衣服时，我的心都会被揪紧，然后提到嗓子眼，我羡慕的目光会一直盯着人家的背影。一次，我的一位同学在他爸爸带领下来买衣服，我心里更是直咽口水，我甚至在心里恨爸爸，为什么自己家卖衣服，却舍不得给我们穿新衣服。

转眼到了大年三十，按规矩一过响午，人们都要赶着回家准备年夜饭了。我心仪已久的那条裤子还安静地挂在那儿。我的目光锁定了它，暗自高兴。在我们准备收摊时，来了一位顾客，他一眼就相中了那条深咖啡色的裤子，眼看着煮熟的鸭子要飞了，我不知从哪来的力气，冲过去一把夺下裤子，使劲丢到柜台上，气呼呼地瞪了那人一眼，那怨恨的眼神锋利得像一把刀。你买什么裤子不行，偏要拿走我的。爸爸连忙安慰我："卖给人家吧，叫你姐再给你做一条。""不。"我拼着吃奶的劲喊出了这个字后，泪水就像断了线的珠子似的往下滚落。爸爸无可奈何地讪笑着，那人也终于走了。看着那人的背影，我才破涕为笑。

大年初一，天还没亮，在噼里啪啦的鞭炮声中，我如愿以偿地穿上了我的第一条新裤子，兴致勃勃地去给爷爷奶奶拜年，虽然裤子有点长，也有些肥大，但我的心还是像泡在蜜里，脸上似乎有一团火在熊熊燃烧。爸爸取笑我："昨天还为裤子哭鼻子呢。"我的嘴巴更是合不拢了。

那年的初一没有下雪，等我到邻居家拜完年，捧起一碗热气腾腾的饺子时，一轮火红的太阳正好升起，金色的光芒洒在我脸上，我心里亮堂极了。

清明时节，我和哥踏一路泥泞，披一身细雨，回到下放的那个小山村，给妈上坟。到了坟地，我们燃香、鸣炮，而后虔诚地跪拜，就在这时，一片燃着的纸钱飞起来，落到我腿上，那条深咖啡色的新裤子就烙下了一个巴掌大的洞。是妈妈在九泉之下提前责罚我这不孝的儿子吗？如今，掐指算来，我已有十几年没有去拜祭她老人家了。

我的第一条新裤子从此再也没法穿了。但它总寄存在我心里，那个破洞也像一个张大的嘴巴，总在一遍遍地向我讲述着那一段童年往事，给漂泊的生活加一点滋味。

卧榻之侧

"打起黄莺儿,莫叫枝上啼。啼时惊妾梦,不得到辽西。"黄莺的叫声清脆婉转,一声声恰似草尖上晶莹剔透的露珠。如此天籁之音尚且惹得春梦未竟的少妇恼羞成怒,更何况喧嚣杂乱的人声市潮呢?

夏日午间的小憩如一阵轻风,拂去一上午的疲惫倦怠,时间愈短,愈发珍贵,岂容他人扰清梦?

但就有人甘冒天下之大不韪。

睡意渐浓,可潮水刚刚涌涨,忽听门外脚步声如雷霆,接着是两个洪钟一般的声音对谈,中间点缀着肆无忌惮的爆笑。刚合上的双眼无论如何紧闭,也无法将恶声拒之于外。

好容易安静下来了,又有人拖沓而至,拾级而上的脚步好像抬不起来,于是鞋底与地面的摩擦声又穿墙入耳。平静的水面又遭巨石的袭击,立刻荡起层层涟漪。这还没完,手机铃声破空而至,接电话的声音又雄壮地响起。心被狠狠地揪紧。

终于,一切归于平静。怒睁的双眼悄然合上。蓦地一声巨响恍如平地惊雷——哪扇门拼尽力气,使劲撞击着门框。耳膜顿时被穿透。哪一只手如此粗鲁,制造出如此巨大的声浪。未几,又有人下楼,脚步雄赳赳气昂昂的不说,此君的嘴巴也极度不安分,先是凝聚毕生真气,雄狮怒吼,接着一口恶痰应声射出。体内的垃圾清理殆尽,此君又吹起了尖锐的口哨,锋利的锥子闪着寒光直扑两耳。如此未成曲调未有情的抒情方式似乎仍未达到目的,于是索性引吭高歌。声波一圈圈,强劲有力地在狭小的空间扩散着盘旋着,久之不去。

此时我真想大喝一声:"别折磨我的耳朵了!"可是不远处的汽车仍不依不饶,用一声悠长的巨鸣回应我泛滥的愤怒。

钱钟书先生曾妙语解颐曰"卧榻之侧,岂容他人安眠"。这其实是嫉妒心和占有欲在作怪,而我只想在我的卧榻之侧筑一道加厚的隔音效果绝佳的墙壁,牢固地守护我卧榻之上完整的睡眠。

杏儿永远十九岁

当传言被证实时，我还是不愿相信这一切。

那是个枫叶燃烧的日子，午后的阳光妩媚极了。我和几个老乡相约去探望生病的原。走进病房的刹那，杏儿从原的床头慌忙站起，脸庞一如枫叶。我的心里像塞了一团破棉絮。我始终沉默着，冷眼注视着窗外斑驳的阳光和落叶。

这是真的?!

在返校的路上，我认真回忆杏儿和原以前的每一个细节，一边暗骂自己。突然，我脑子里迸出这样的结论：原不会坚持到最后，他的功利，他的市侩，注定会给杏儿带来创痛。一想到杏儿会受到伤害，我的欣慰立刻化为了涩酸。我仿佛看见一朵洁白娇柔的杏花在料峭春寒中瑟瑟。

果然，我一语成谶。

那个周末，我鼓起勇气约见杏儿，当面容憔悴的杏儿飘到我面前时，我的心仿佛被攥紧了，一时找不到话茬。杏儿倒先开口了：咱们还聊诗，行吗？我眼前又浮现出初入校时与杏儿的一次长谈，那时的主题也是诗。那时诗歌女孩杏儿的一颦一笑都透出自信而灿烂的诗意。

一钩新月紧贴在薄阴的天空，柔软的风挟着微微的凉意。我背依一株巨松，她端坐于两株高大的月季中间，月季的花期已过。诗歌是一叶扁舟，将我们联系。最后，我想将那句蓄谋已久的话吐出来，可我……

什么也别说。你看这松树和月季，它们就这样隔着一段距离对峙着，不是很和谐吗？她轻轻地说。其时，渐浓的夜色将我们的表情消融得隐约如梦。

我空对一钩残月发怔。

以后我们仍共同办刊物，共同探讨诗艺，像以前一样。可那段距离毕竟阻隔着我们。

毕业晚会后，她将一首诗留给我，还有那双浅笑的双眸，满斟着对未来的渴望。而后，就像风一样掠过，飘远。

几年来，我一直在记忆里重复一个电话号码，有一次甚至拨通了，可最终我还是挂掉了。我没有勇气掀开那一页往事吗？那么是我不愿听到她百灵鸟般的嗓音被磨砺得变形走样么？或许此刻她正小鸟依人地和一个人相拥，缓步于幸福路上，但愿！

杏儿注定在我的记忆里绰约如初，她永远十九岁。她伫立的背景应是许多年前的那个秋夜，我和她仍是那段旧事的主角——我背依巨松，她端坐于两棵花期已过的月季之间……

你　说

　　出门右转，穿过四个红绿灯，直行 3.2 公里，拐进左侧胡同，走 500 米，就到了儿子的学校。

　　每周日下午三点半开始，你准时备好儿子喜欢吃的卤面，而后我提起饭盒，我们一起步行给他送。

　　你说，这款车多少钱？看上去不错。等我们老了，买一台开着去旅行，空间又大，可以睡在车里，省钱。

　　你说，还是这样的电动车更一步到位，又便宜，又安全。

　　你说，走热了。你不要只顾自己，甩开大步走，我跟不上了。

　　你说，看那个老人，这么大年纪，腿脚还这么利落。我们老了也要这样，才不给孩子们添麻烦。

　　你说，这家理发店你上次来过的，理得不错，才 10 块钱。

　　你说，噢，忘了带钱，儿子只吃卤面，太干，该给他带瓶饮料。

　　你说，你说。一路上你的话不时缠绕在耳边。

　　今天，是我一个人做好卤面，一个人送的。你的话语像受惊吓的小鸟，扑愣愣地逃得找不着了。

　　返程时我决定坐公交。没有你说话的路，正如一个失眠的夜晚，我只想快速通过。

小村的变迁

小村没有腿脚，又能跑到哪里去呢？他如一位静静等待老去的人，安谧地任由岁月之水一点点地浸渍，但他的表情可能发生着微妙的变化，他四肢的动作可能有细小的调整，比如先前在柏油马路和小村之间有一条窄窄的土路，现在由于修一条高速公路，已经消失。就像一幅刚脱稿的油画，被一只不怀好意的手趁着暧昧的夜色涂抹了，篡改了。

说起来，我初遇小路迄今已有近二十年了，但第一次踏上小路时的情景仍清晰如昨日。

我踩着夏天的尾巴从淮河之畔来到这个北中原纵深地带的小村，下了火车，坐三轮车颠簸近二十分钟，我在这条小路口下车，望着完全陌生的地理景观，我的目光变得茫然而且游移。是小路载着我惊慌失措的脚步逐渐接近小村的。

然而小路的尽头又是一条南北走向的土路，我的脚步再次犹豫不决。这时两位大姑娘迎面走来，我操着南方味道十足的普通话询问，其中一个强忍着笑为我指点迷津，另一个补充说："到村北头再往西拐，见到三棵这么粗的柳树就到了。"两手一边做一个合抱的姿势。

我按照她们的指引终于到达了目的地，见到了我要找的人——当然我那时并不确定她会和我牵手人生，可我总要试一试，找一找，哪一条通往幸福的路，不是经过无数次尝试之后被找到被撞开的呢？

正是那条小路将我与她联系起来，"有缘千里来相会"，小路大概就是那条红丝线，将我与她纽结在一起。

以后每次陪她回娘家走到小路旁边时，我记忆的屏幕上都会自动播映这一段往事。如今这条载满我记忆的小路怎么会突然被抹杀了呢？没有了这条小路，我那段甜蜜的回忆岂不成了无源之水，它会在一个莫名的时间突然干涸断流吗？

小路夹在两块玉米地中间，玉米秆身材高挑，绿油油的长叶子上折射着正午时候热烈的阳光，微风的脚步沙沙作响，仿佛在为蝉的歌吟做背景音乐。那天的情景一直清晰地镌刻在记忆深处情感深处。

当然，几乎像所有粗大的树一样，那三棵柳树也逃不掉被砍伐的宿命。好在印象并不强烈，遗憾总算减轻了许多。

但村西北角的那个小水洼的走失却经常将我推入往事的泥淖。那是三条小水渠的交点，每到春夏之交，这片洼地就会在一夜之间蓄满水，好像就是它下达的命令，水才不辞劳苦地翻山越岭，不远千里来此地列队集合，它们动作迅速，丝毫不敢怠慢，一路跑步前进，才在天亮前抵达。这时候密密匝匝的麦苗正日益金黄，它们要最后美美地喝上一气水，而后悲壮地上路。

照例，正式开镰的前两天，要先整出打麦场。先要用锋利的铁锨，贴着地皮，将散发着热气的麦子一垄一垄地铲倒，再清理到旁边，腾出足够大的空间之后，就需要大量洒水，而后用石碌碡碾实压平。铲——泼——碾三部曲中，泼水可是个继往开来的环节，我多次参与其中，用的水当然就是那个水洼提供的，路虽不远，但用水量太大，我们四个壮劳力要一刻不停地干两三个小时。手勒出一条条血痕，衣服上下全湿透……那种不堪言说的苦楚，如今回想起来仍然胆寒。眼镜滑落过，提着一桶水摔倒过，最可怕的是鼻子经常出血，而且每次都血流如注，不可遏抑。所有这一切，都和那片小水洼息息相关。或者说，小水洼应该将我的笨拙和疲惫定格记录，将我的痛苦与快乐收藏积淀。

现在，不知是哪个贪心人竟然将这片巴掌大的洼地填平了，种上了庄稼。我在隔了许久重到小村时发现了这一幕之后，郁闷而愤怒。我当年参加劳动的忠实目击者就这样被无端抹杀了。

再就是村东边那条小河，两岸芳草萋萋，任何一枝芦苇在风中的姿态都会让乡土诗人乡土画家们着迷。我和她，曾经踩着轻软的晚风，来到那里约会。河水汤汤，折射着西天最后一抹云霞，我们牵手缓行，我们的低语与小河的呢喃交融在一起。

而今，经过重新修整的河道里流动的是散发着腥臭的污水，野花野草和芦苇们结伴逃遁。

还有就是村里的人，这些年也在一茬茬地倒下，一代代地长大。古人深沉地感叹道："耳畔频闻故人死，眼前日见新人多。"如果该被生命之镰收割，谁也不会哀怨，都会像麦子成熟时一样坦然。但村里近来几个中年人暴病而亡，殊令人嘘唏，村民们都说，现在生活条件好了，各种各样的病也多了。

　　当然，小村还有许多细微的变化，我只是以我的视角见证了小村的衰老。我深切地感受到，二十年只是弹指之间，是漫长的逝水中的一朵浪花，小村更如尘埃一般，微不足道，如此短暂，如此逼仄，却又有如此的沧桑。以此为坐标，我们能更清晰地看到生命的脆弱与无奈。难怪哲人说"濯足清流，抽足再入，已非前水"呢。痛哉斯言！

回　家

　　家是蓄满爱的港湾，洋溢着温馨与和睦，充满了欢声和笑语。离家的日子里，家每时每刻都被供奉在心的佛龛，在不经意之间，心头就掠过一丝细腻的情愫，如同微风轻轻拂过宁静的水面，荡起一层层思念的涟漪，竟有点点的疼痛在心头。有时午夜梦醒，被想家的情感折磨得辗转反侧，有时风起月明，一个人漫步于苍茫的异乡，便会长长地吁一口气，望定家的方向痴痴地发呆。想家成了一种无法疗治的病，这病苦一年之中只能有几天时间能得以平复，那就是春节时期。

　　时间都在指缝间悄悄溜走，过了元旦，过了腊八，过了祭灶，心里就草长莺飞地骚动起来：带点什么土特产回家给爹娘献上一份惊喜；老家的亲人们是如何念叨着远方的游子，白发娘亲又该倚门翘首盼望。想着想着，心头怅怅的，眼里潮潮的，恨不能即刻插翅飞越万水千山，迈进老家那扇日益破旧的大门，扑进亲人的怀抱，和亲人们在红泥火炉旁拉拉家常道道辛苦。

　　终于可以回家了，于是迫不及待地打点行装，大包小袋挈妇将雏地跳上回家的列车。一路上舟车劳顿之苦虽不堪言，但比起回家的喜悦又算得了什么呢？走到哪里，都是行色匆匆急着往家赶的天涯游子，仿佛一条条涓涓细流急着回归大海。世界上有哪个民族有如此强烈的思家恋家的情怀呢？看一看那一双双迫切的眼睛和一条条迫切的腿脚就知道，这时节，每个人的耳畔萦绕低回的都是那首让人心旌摇荡的萨克斯独奏《回家》。

　　列车呼啸着飞奔在回家的路上，近了，近了，车窗外的景物越来越熟悉，心却狂跳不止，真的是"近乡情更怯"了。下车后，暮色已弥漫开来，也许还要走一二里坑坑洼洼曲曲折折的土路，两旁若明若暗的灯火，和偶尔传来的一两声狗吠，便是老家最淳朴的欢迎仪式。走到老家的低矮的院墙边，看着从正门透出的灯光，听着亲人们的说话声，心就被一双莫名的手紧紧地揪着，一股热血腾地升起，灼热而滚烫，在森森的寒气中燃烧，嘴里颤颤地叫一声："爹，娘，我回来了。"片刻的沉静之后，大门打开，里面的灯光如同双亲的怀抱拥过来，双亲抢出门来，一手接过包裹，就往屋里让。在灯光下，他们的脸上绽开了鲜艳的花儿。

到家的第一个夜晚总是无梦无眠，先是嘘长问短，再是没有源头的家长话，后来好不容易安静下来了，躺在睡了十几年的床上，心里踏实了，却再也不能入睡。想想八千里路云和月，想想古人的羁旅情愁，想想已经发了霉的陈芝麻烂谷子，想想爹娘关心照顾自己的某一个细节……整个人好像坠入一个有着巨大向心力的旋涡。天快放亮时，才木头一样沉入美美的梦乡。

一觉醒来，周围的一切还是如先前一样，自己也好像从来就没有离开过这所庭院，没有离开自己的父老乡亲，没有离开这一方热土这一片天空。

菩萨重因，凡夫重果

《韩非子》中有一则故事：管仲自鲁押解至齐，行至齐国边境，饥饿难当，乞食于边境管理员，该管理员毕恭毕敬地侍奉管仲吃饭。读至此，我不禁为这位慧眼识英才的小吏叫好。

这样的底层伯乐还有不少。像孔子在周游列国途中就遇到过两位，一个是鲁卫边境的管理员——仪封人，与孔子一番短暂的交流后，就如是评价孔子："天下无道也久矣，天将以夫子为木铎。"另一位是看城门的——石门监者，此君似乎并未与孔子谋面，却能用"知其不可而为之"为孔子造像。明知山有虎，偏向虎山行，如此大仁大勇，正是孔子的重要特征。

我们真不能小瞧了这些与引车卖浆者流杂处的低级小吏，他们虽然远离庙堂，身居江湖，但判断力始终一流，正如一柄绝世好剑，即使蒙尘日久，也仍能吐出森然寒气。

可是再往下读，却又大倒胃口。管理员悄声问："要是您回到齐国不被杀掉，还得到重用，您怎么报答我呢？""报答"二字真真大煞风景。空有一双慧眼，目光如炬，偏又目光如豆，只见得一点点眼前利益，焉能不狭隘低俗？我想，韩非子用心有点险恶，他挥笔如刀，残酷地解剖着人性的弱点。

其实细加想来，相似的一幕又何曾少呢？即使贵为楚王，也未能免俗。晋公子重耳流亡时途经楚国，楚王热情款待，酒酣耳热之际，楚王抹着油嘴问："公子若返回晋国，何以报寡人？"即便是佛门净地，亦有庸俗之人。诚拙禅师弘法于圆觉寺，某信徒捐五十两黄金，禅师淡然收下。信徒颇为不满，忍不住嚷道："法师，我捐的可是五十两黄金呀，你难道不该谢我吗？"

诚然，天道尚知酬勤，凡夫俗子要求回报亦天经地义，只不过回报不止于实际利益吧。管仲发自内心的感激是不是一种回报？重耳对楚王的盛情永远铭记于心是不是一种回报？禅师对信徒心存善念无比欣慰是不是一种回报？"赠人玫瑰"之后，手上留下的"余香"是不是一种回报？

拜托，能不能目光长远些，别只盯着那点蝇头小利。有道是"菩萨重因，凡夫重果"，很多时候，因缘不能即刻变现为果报。学学人家吕不韦，偶然结识秦国落魄王子，以为奇货可居，不仅投资金钱，还追加上自己的宠姬。他绝不将"回报"挂在嘴上，偏偏得到了让人眼珠迸裂的回报。越是急于得到回报，越是露底露馅，让人不齿。

　　所以，管仲波澜不惊地答道："如果那样，我将选贤任能，你说我该怎么谢你呢（像你这样只顾眼前利益的人就算了吧）？"重耳不卑不亢地应道："您什么宝贝都有，还要我回报什么呢（你也真够贪婪的）？如果晋楚两国交兵，我将退让九十里吧。"诚拙禅师不温不火地说道："你捐钱给佛祖，为什么要我谢，你布施是你的功德，如果你是在做买卖（到底还是奸商嘴脸），我就代佛祖谢你，从此，佛祖与你的五十两黄金两讫。"

　　换了我是那位管理员，我只管殷勤伺候着，绝不多说一句话，弄巧成拙。管仲既为人杰，自然心里有数，不虞之誉或许随时都会破门而入。

　　但这需要眼光，更需要耐心！

坏习惯到底有多坏

长期逐渐形成且极不易改变的行为、倾向谓之习惯。如同狗分咬人与不咬人两类一样，习惯亦有好坏之别。坏习惯犹如癌细胞，扩散速度迅雷不及掩耳，而且很难找到根治措施，其罪孽深重矣。

坏习惯十之八九是青少年时期沾染上的。青少年的大脑如同一张纯洁的白纸，可以描画出旖旎风光，自然也易滴染上污点墨迹。譬如抽烟，在青少年眼里，吞云吐雾，蔚为壮观，吞吐之间，尽现成熟的魅力与洒脱，于是焉竞相仿效，逐渐堕落为瘾君子，直至咳嗽干呕，肺叶变黑，最终及早交出生命的权利。另有少部分是随着身份地位的变化新增的毛病。例如，乌纱变大以后，不吃不喝，不开会不做报告，不贪不拿不占便觉得浑身爬满了毛毛虫，长此以往，岂不沦为坏习惯的阶下囚？

坏习惯到底有多坏呢？概而言之，五大罪状。

一曰危害身体。抽烟伤肺，喝酒伤胃。胡吃海喝虽则有风卷残云之势，又大快朵颐，但很快就会大腹便便，臃肿笨重，行动迟缓，血压一路高攀不止，安能寿比南山？

二曰污染环境。据称西欧有些航空港无中文标牌，若有幸见到，必为赫然的"禁止吐痰"。可见中国人随时随地不讲原则地排放体内垃圾的嗜好早就饮誉海内外了。平时，随手天女散花似的丢弃碎纸者不足为怪，更有时髦女郎，红唇轻嗑瓜子，纤手轻抛皮壳，尤令人大跌眼镜。

三曰有碍提升品位。古有人也，日攘人鸡，每天满脑子都是乘虚而入的偷盗经，焉有闲情逸致读书学习，汲取知识与道德的养分？更有游手好闲之辈，天生的游荡汉，专门看热闹，帮倒忙，无所事事，四体不勤，五谷不分。既已成了社会的累赘，何谈人格素质品位？

四曰身死家亡。酒后驾车，一路狂飙，车毁人亡者早已不是新闻，今后也绝不会销声匿迹。吸毒者更是赔了财产搭上性命，就连嗜赌者家破人亡的故事亦屡闻不鲜。

五曰祸国殃民。草芥百姓染上点坏习惯，大不了害己，污染面积终究有限。若位高权重者醉心于某一种行为,那后果就不堪设想了。有位达官贵人就公开宣扬:"当官不为钱,请我都不来。"钱从何来,一是贪污受贿,一是假公济私,一是搜刮民脂民膏。这爱钱的坏毛病岂不祸害一方么?

千里之堤,溃于蚁穴。些微坏毛病貌似无碍大局,但防微杜渐永远是智者的选择。人生旅途上会有许多意想不到的包裹,若照单全收,蝜蝂一样一概全背,就必有自食其果的一天。因为这些包裹一旦上身,不仅摆脱不掉,还会日益沉重。别忘了它们是从潘多拉的盒子里飞出的,上面都附有撒旦的魔咒。

到底谁是谁的噩梦?

"为了名不计后果,为了钱不择手段。我因为她身败名裂,郭美美是我一生的噩梦。"深圳神秘富商王军痛心疾首,如是评价郭美美。

诚哉斯言!

如果说炫富的郭美美还只是贪恋虚荣,那么明知自己的钱多是靠色相换来的,却还要一再晾晒,则足见其厚颜无耻。而后,郭美美越走越远:赌球,涉嫌开赌场,直至银铛入狱。拔出萝卜带出泥,包养者王军自然浮出水面,"身败名裂"。

如此一个低俗贪婪寡廉鲜耻的女人,绝对当得起"噩梦"一词的表彰。

但王富翁真的只是一个受害者吗?

首先,郭美美不是主动投怀送抱,而是王富翁主动要求朋友介绍年轻女孩给他,而且第一次"芙蓉帐里度春宵"之后,王富翁就潇洒地排出数万元嫖资。他真是中国很多富翁的"好样板",以为有了钱就可以肆意发泄兽欲,就理所当然地应该占有更多性资源。所以,即使是噩梦,也是他自找的,岂能反怪别人?

其次,郭美女过生日,王富翁不惜一掷千金以豪车相赠,而且每逢佳节动辄有数十万元红包。如此慷慨之举,怎不让郭美女滋生更多念想?仿佛吃过一次人肉之后,欲罢不能。郭美女频频炫富,王富翁是不是背后最大的推手?

第三,当郭美美事件重创中国红十字会之时,当网民纷纷猜测质疑之际,王富翁又做起了缩头乌龟,听任舆论的污水一轮又一轮地狂泼,缺乏勇于担当的责任感,妄图牺牲中国红十字会以自保。

最后,郭美美东窗事发之后,王富翁无暇自责,无意救美,反而落井下石,猛作无辜受害状,指责郭美女是"噩梦"。这不禁让人想起陈腐的"红颜祸水"论,国破家亡的骂名难道反要一个女子肩起吗?

在腰包膨胀之后,不思回报社会,仍停留在"饱暖而思淫欲"的低级阶段；懦于担当，毫无怜香惜玉之情；既没有深度反躬自省的能力，又缺乏自我批评的习惯，王富翁，你真的是清洁无辜的受害者吗？

其实要说噩梦，王熙凤真算得上贾瑞的噩梦。她利用贾瑞的单相思，先是诱入彀中，毒设相思局，一冻二诈三浇粪，最后在贾瑞病入膏肓需吃独参汤保命时，誓不援手。如此一个机关算尽的蛇蝎毒妇，贾瑞却至死不以之为噩梦。贾瑞人愚情专，虽然同样是贪恋肉体之欢，却孜孜焉未肯有怨。在这面镜子跟前，不知王富翁做何感想。

况且，这样的素质，这样的嘴脸，竟是所谓的成功人士，不仅不能传播正能量，引领国人实现中国梦，不正是这个时代的"噩梦"吗？

大话"熟人"

其实中国早就步入熟人时代,"朝里有人好做官"的俚语可谓流传久矣。时至今日,"办事找熟人"早成了公开的秘密。无论办大事小事,先要扪心自问:"有人吗?"若是一番搜肠刮肚之后,仍想不起一张甚至半熟的脸,心里就发虚,大有吉凶难料前途未卜之忧。不过,尚不至山穷水尽,还可以退而求其次,在现有的熟人圈里打听,找七姑八姨的熟人,铺路搭桥,于是熟人便有了(当然是准熟人),事便好办了。

当然,也有很多时候不凑巧,天道无情,即使众里寻他千百度,也还是枉然,或者找着的熟人如老牛掉进水井里——有力使不上。莫急,俗语说:"头回生,二回熟。""烟是盒子炮,酒是手榴弹",在感情的战场上,杀伤力极强。近年推陈出新,人家喜欢什么就送什么,这叫投其所好。这样,生和熟不就没界限了吗?赖昌星就是凭这几手才结识那么多熟人,才能在厦门呼风唤雨。

倘对我们生活的各个层面细加观照,离了熟人几乎寸步难行:谈恋爱需熟人介绍,结婚证得找熟人开,准生证要托熟人办,接着又得麻烦熟人报户口,孩子入学得求熟人帮忙到重点学校,临毕业又需熟人操心好单位……小至出门购物,中到看病求医,大至加官晋爵,这哪一个环节没熟人帮衬,没熟人鞍前马后,恐怕都要出纰漏。原广西某县长想去掉"副"字,愣是不辞劳苦,千里迢迢,北上石家庄,重金求助于其上司的老熟人。心诚若斯,此君堪为楷模。更有一次笔者与同事二三入公厕,零钱不足,于是一同事满面堆笑:"老熟人了,下回补齐吧。"守厕者只得作罢。所以,从某种意义上讲,在当今社会,熟人的多寡可以当作衡量人能力大小的标准。无怪乎人们称有能耐人必曰:"人家熟人多,有办法。"

窃以为熟人时代绝非仅在黄土地上茁壮成长,欧美亦不会一切不讲情面。社会学讲人有自然属性,也有社会属性。既然如此,谁也少不了熟人,不过中国人尤盛而已。原因有三:其一,中国人最讲面子爱面子。熟人的面子就是金光闪闪的招牌,你不办?说不过去吧,"不看僧面看佛面"

嘛。再说了,"三十年河东,三十年河西。"这次你给咱长脸,下次咱也往你脸上贴金。其二,恋旧情绪使然。有一则著名的寓言,说某狗总记得到固定的肉铺找骨头,人其实高明不了多少,谁心里不惦记过去的那点情分?你我光腚长大,可谓故交老友了,近水楼台还先得月呢。鲍叔荐贤就当仁不让地把管仲推至前台,毕竟是老熟人了。其三,看惯了冷脸,受够了冷落,不找熟人岂不要气煞。虽然不少事压根就在职责范围之内,可一旦办起来,先"晾",冷脸冷语冷心肠,让你倍感绝望。倘不知趣,再死乞白赖,那又要"推"了,踢皮球,找借口。既然"门难进,脸难看",我何苦"剃头的挑子———一头热"呢,热脸蹭那冷屁股干吗,找熟人去。

当然,熟人多了,有引车卖浆者,有居庙堂之高者,有穷困潦倒者,有富甲一方者,有跑腿办事者,有炙手可热者,办事找什么样的熟人,聪明人的眼睛自然雪亮。

跑：进取与退守的策略

就像所有羸弱而又害羞的孩子一样，小时候的我学习也特别棒。于是每到期末，我的受难日就到了，因为要开散学典礼，而且照例要表扬优秀学生，我的名字被叫的声音总是尖锐地穿过耳膜，胆怯将兴奋与激动一点点吞噬。我总是头也不抬地跑上去，抢也似的领到奖状又一阵风地跑下来，落座半天，心里的那头小鹿还在迅速地蹦跳。

那一次散学典礼我真的丢了大丑。我领了奖状之后，仍是奋不顾身地跑，眼皮都不敢抬，许多双目光拧成一条鞭子，拼命地赶着我快跑。突然眼前星光灿烂，我一下被击倒了，耳朵里塞满了嗡嗡的金属声，而后嘲笑声暴雨般地砸向我。

原来我慌不择路，撞到了学校的铃。我们学校的铃是一段一米多长的钢轨，低低地垂着，从来没有任何一颗脑袋往上撞，可我居然在仓皇之间与它遭遇了。额头上立即弹起一个馒头大的包。在接下来的几天里，我恨死了那铃，当然更对自己的落荒而逃不满。

跑，不仅没有让我摆脱尴尬，反而使我陷入更难堪的泥淖。

那次以后，我就谈跑色变了。可是不跑也会带来麻烦。体育课怎么少得了跑呢？短跑还能勉强应付，长跑我如何面对？躲，我只能选择躲。

可是"躲得了初一，躲不过十五"，我还是被逮到了，老师看着豆芽似的我，发狠道："跑，沿着这条公路左转再返回学校。"天哪，这一段少说也有四公里。没办法，见机行事吧。老师似乎看穿了我的心思，骑着自行车紧紧地跟在后面，容不得我半点偷懒。

渐渐地，我的胸口仿佛被一团棉絮堵塞着，呼吸越来越艰难，腿脚沉重得如同灌了铅，我觉得快要挺不住了，随时都可能一头栽倒。老师一声断喝："别停，这是极点到了，一会儿就好。"我也拼命地在心里高喊："坚持，坚持！"果然，过了一会儿，我的步履又轻盈了许多。接下来又是第二次、第三次难受，但我坚信：既然第一次极点没有把我吞没，我就一定可以坚持到最后。

终于，我破天荒地跑完了这么长的距离。在老师蓄满笑容和阳光的眼里，我似乎懂得了什么。

　　我被无常的命运推到了一个错误的位置上，那一段日子，心空上一片铅云低垂。坚持，坚持！我又听到心里那个声音在呐喊。我原以为只要坚持不懈，就会有转机。可是，我错了，面对着完全提不起精神的工作，我觉得自己正慢慢地沉入绝望的水底。

　　我人生长跑中的极点来临了，可这次不同，我的所有挣扎都注定是徒劳的，要迎来第一缕曙光得先走出黎明前的黑暗呀。我还能走出吗？"每天早晨，非洲羚羊醒来的第一句话就是：拼命奔跑，以免被狮子吃掉。每天早晨，非洲狮子醒来的第一句话就是：拼命奔跑，以免追不上羚羊饿死。"一个极偶然的机会，我与这句话轰然相遇，顿时如醍醐灌顶：跑对于狮子，是勇猛地进取，而对于羚羊呢？仅仅是逃命而已，生命的权利一旦丧失，它还怎么在广阔的原野上箭一般地自由奔跑？

　　于是我也选择了逃跑，而且我不以为耻，反而为自己的选择而庆幸，因为我知道：退守，是为了更好地进攻。

欺负老实人

有道是"马善被人骑，人善被人欺"，这话到今天似乎更进化为"老实是弱者的别名，是愚蠢的代名词"，于是焉老实人处处受挤兑处处吃亏。

某日买菜，兴尽而归，自以为完成大功一件，可老婆一盘点，竟多花了三块一毛八，自然"风刀霜剑严相逼"。仔细想来，吃亏在于：一是价钱过高，二是斤两不足。难怪那卖豆角的老人家眼神怪怪的，一斤豆角就坑了我伍毛钱，还有那位卖肉的，不仅价贵，而且严重缺斤短两。我拎起肉离开时，那位仁兄的脸上一定春水般一波一波地荡漾着笑容，一回头准对伙计说："戴眼镜的都好蒙。"无怪乎人家坑你没商量，谁让你是人家眼里的老实人？该！

后来我也欺负了一回老实人。老婆大发慈悲，给咱买了件T恤，我不喜欢颜色，老婆脸上顿时结满了零下十度的冰霜："还挑三拣四呢，有能耐自己换去。"每个字都冷得心尖发抖——敢情老婆也拿咱当老实人呐。换就换，我要证明自己不是善茬，心一横就冲出去了。可一见那位森严壁垒的小姐，先前酝酿好的那股牛劲全云淡风轻了，只能百般讨好，万般解释。哪知小姐的话一句比一句硬朗，整个铜墙铁壁，水火不进，刀枪不入。老婆脸上的严霜、小姐脸上的冷漠在我眼前交替闪现……顿时怒从胆边生，连珠炮般怒吼几句，小姐的态度立刻阴转晴——换了。从此我懂得了人强我弱人软我硬的道理，原来我并不总扮演着老实人的角色。偶尔咱也能欺负一把老实人。

不要以为只有生意人才善于欺负老实人，官场中春风得意者尤其精于八面玲珑欺下媚上，他们深谙欺负老实人之道。正如武林至尊教训弟子说："你要够狠。"不狠就意味着你还太老实，你就必然是被扁被踩的对象。所以连震东老先生谆谆告诫连战："为官如骑脚踏车，头要不断地点，脚要拼命踩。"此言精辟之极！

而且老实人在被欺负后，往往能很阿Q地自我安慰"吃亏是福"。别人就是紧紧抓住这条小辫子不撒手，把老实人往死里整。不知诸位老实人听了安南秘书长的话该做何感想:"这个世界不是恶人越来越多,是好人(有时好人是老实人的另一个芳名)越来越无所作为。"

生而为老实人,何其不幸。所以一些父母教育孩子时总说:"他打你为什么不还手?和他拼呀。"于是乎"欺负老实人"之风愈演愈烈,甚至在不知不觉中,老实人有时也会被迫成为施暴者,如同饱受欺凌的阿Q总想在王胡和小D身上找感觉。长此以往,以诚实守信踏实勤奋憨厚淳朴为标志的老实人岂非要消失殆尽了?到那时候,遍地陷阱,到处是张牙舞爪者的地盘,我们不知如何立足?

"适者生存"的丛林法则被移植到人类社会,就成了"弱肉强食",是达尔文错了吗?

说"跑"

《现代汉语词典》释"跑"时，有一条义项颇耐咂摸：为某种事务而奔走。

求学要先跑学校，在学校要与老师、领导跑好关系，临近毕业了，大家又焦头烂额地跑工作，跑分配。在一个地方待上十年八载，日久生厌，更何况"人往高处走"，于是又得跑调动。既然靠手艺讨生活，"职称"便是门面、招牌，但晋职称又非易事，尤其高级职称，更是粥少僧多，没奈何，仍需麻烦腿脚，跑——跑指标呗。

经商必跑业务，跑关系户，跑单帮的更是四面八方穿梭。倘一时手头紧张，囊中羞涩，又割舍不下孔方兄的诱惑，又得跑贷款。

从政呢，腿脚就得更勤快了，脚底板遭的罪就更大——跑官嘛。跑关系，跑门路，跑上级，跑基层，这上通下达，左右逢源，哪一样离得了"跑"？自然，大多数尚不至于踏破铁鞋却白跑，跑到火候，自成正果。毕竟"一份跑，一份好"，有道是"好跑必有好报"。

相形之下，如果怀抱一颗平常心，甘心做平头百姓，对平淡的日子安之若素，似乎就不必如此东奔西跑。其实不然，天天跑菜场也苦不堪言，更遑论跟在老婆后头，屁颠屁颠地，提着大包小包，一溜烟小跑了。

"天下熙熙，皆为利来；天下攘攘，皆为利往。"身在紫陌红尘，不跑焉能对得起造物赐予的双腿两足？或许哪天厌倦了，跳出三界外，不在五行中，盘腿打坐，心无旁骛，全心向佛，这腿脚方能偷得半日闲了。

偏偏芸芸众生挣不脱名僵利锁，于是满世界响彻着跑动的足音。

透过跑动者风一样疾驰的身影，我似乎依稀感到他们内心的疲惫、悲凉与无奈。腿脚的苦楚自不待言，就是两只手也没闲着，仅"左手一只鸡，右手一只鸭"，恐怕未必能跑成事。好不容易跑到目的地了，手脚是可以小憩一会儿了，可又得鼓动口舌说好话，求情，拉关系，套近乎，挖空心思拣人家受用的说，唇焦口燥，其苦深矣。心灵之苦更如黄连。凡跑必有所图，如何达到目的？这就需要在跑前跑后之际，在心灵深处设计一个滴水不漏的阴谋,编织一个天衣无缝的罗网,或者掘一口深不可测的陷阱。整个策划过程不呕心沥血,怎能所向披靡,收获颇丰?用尽心计,机关算尽,不心力交瘁才怪呢。

或许没有利益的鞭子驱赶,任谁也不会如此不辞劳苦。不过真到哪一天大家都裹足不前了,道路岂不寂寞了。

向蚊子学习

蚊子可谓是人类的芳邻,却又是人类的世仇,提及蚊子,恐怕无人不恨至欲"饮其血,唉其肉,寝其皮",置于死地而后快。然而,作为人类的天敌,蚊子确不可小觑,除了有打败狮子以弱胜强的辉煌战绩外,卓越之处还有不少:

其一善用智谋,用兵灵活。蚊子在向人类发起攻击时,战法绝不单调沉闷,那灵活多变,集稳准狠于一身的谋略着实屡试不爽,让人防不胜防。或一蚊奇袭,乘人不备,将嘴巴狠狠插进皮肤里,一阵豪饮,迨及举手还击,辄倏忽逃遁。或三五成群,冲锋号一响,群起而攻之,上下前后,处处开花,令人才顾此又失彼。

其二屡败屡战,生命不息,战斗不止。虽然严格地说,在一年一度的人蚊大战中,蚊子是被无情的季节击溃的,但第二年,蚊子又奇迹般地准时赴约,铺天盖地而来,继续冲锋陷阵,大有"我以我血荐轩辕"之凌云壮志。

其三眼观六路,耳听八方。若论耳聪目明,人蚊实有天渊之别。哪有血腥气,蚊子最先嗅到,哪有危险,即使是丝毫的风吹草动,它也能敏锐地感受到,所以蚊子总能在危险到达前的瞬间安然离开,堪与死神擦肩而过,虽有惊却无险。

自然,蚊子也有致命的弱点。即贪婪。为数不少的蚊子命归黄泉直接源于自身的贪得无厌。见血忘义又是蚊子的本性,一向智勇双全的蚊子,在甜美的血液鲜艳的诱惑下变得昏头昏脑,智商大打折扣,硬是将肚儿吃得高鼓,大腹便便,行动必然迟缓,不死何俟?

尤为可悲的是蚊子不懂得"吃一堑,长一智"的古训。一代又一代蚊子因贪送命,却又前仆后继将其先辈的遗志发扬光大,正所谓"智者千虑,必有一失",更何况这唯一的一次失足却构成了终生的遗恨。

是以,芸芸众生不可不向蚊子学习。以蚊为鉴,可以更深地洞察自己的得失成败。蚊子也的确配得上"良师"之号,关键是你愿不愿意做一个合格的学生。

良知岂由天注定？

孟子认为："人性本善"，程颢也说："良知良能乃出于天，不系于人"。善念良知果真是上天赋予的吗？如果人生而有良知，那么如此之多的不法商人贪官污吏良知泯灭，是上天收回了吗？如果人生而有良知，那么学校教育又有何价值？依我看，鼓吹天赋良知，则否定了后天的教育学习；鼓吹天赋良知，则切断了重建良知的所有途径，只能祈求上天赐福，我们还能有什么作为？

所以，良知必须经由后天努力才能习得并升华。

责任感要靠后天培养。如果说人生具有意义，那么前提就是要履行责任，而责任感正是良知的重要构件。我们无法想象责任感缺失者会拥有高度的道德自律，但是反过来说，拥有良知者一定会有强烈的责任感。孔子是"知其不可而为之"，正是拯救万民于水火的高度责任感，才让有良知者不辍努力，永不言弃。顾炎武说："天下兴亡，匹夫有责"，正是心忧天下兴亡的责任感，才让每一位有良知者不惧危难，铁肩担道义。孔子和顾炎武等先贤，无疑都是他们那个时代良知的代言人，但他们生来就深谙"责任"二字的分量吗？他们必然是经过后天的不懈探究和求索才明白的。懵懂顽童对责任的含义一定是一头雾水，因为他还没有经过系统而有效的后天教育呢。可见，没有后天的培养，责任之花无从开放。

利他的观念也要靠后天培养。人是自私利己的动物，遇到利害冲突，首先想到的是自己，倘若一味放大一己之利，甚而至于以牺牲他人利益为代价，谋求个人利益最大化，则良知安在？在有良知者的人生字典里，不仅有"我"，还要有"他人""大家"。不唯考虑个人得失，还尽可能顾及他人的感受。婴儿何曾顾及父母忙闲、喜悲、穷富，饿了就哭，痛了就闹，他的心如此狭小，只装得下自己。有教养的成年人则不同，自己的问题最好自己解决，不给别人带来麻烦。因为多年的后天教育早已让他明白，世界的中心绝不是"我"，"我"仅是沧海之一粟。若无后天教育，人人如婴儿，岂不谬哉？所以鲁迅深情地说："无尽的远方，无数的人们，都与我有关。"良有以也。

  博爱的思想更要依赖后天的培养。孟子说:"老吾老以及人之老,幼吾幼以及人之幼。"他将人类博爱思想的形成分为两个时期:一是关爱自己亲人的阶段,这时的爱是局促的,有限的,狭隘的;二是无条件关爱其他人甚至是陌生人。第一阶段的爱是利己的,第二阶段的爱才称得上博爱。这里的"及",意即推广、扩大,实现由自私之爱向博爱的转化,这既需要时间,又需要后天的教育。如此说来,博爱思想的培养若无后天教育力量的雕琢和塑造,自然成无源之水、无本之木。后天的培养是因,博爱思想的形成是果;后天的教育是一方热土,博爱思想的形成是一株参天大树。没有后天教育的调控,"人不为己,天诛地灭"的低俗论调就会吞噬博爱的光芒;没有后天教育的抑制,"宁可我负天下人,不可让天下人负我"的价值观就会将人类引入缺乏博爱的深渊。

  后天教育能培养并提升构成良知的责任感、利他的观念和博爱的思想,但必须是有效的、系统的、完善的教育。短视的、功利的、拜金的教育不独无益,更会腐蚀世道人心。

把心灵安顿好

作家韩少功先生在他的随笔《一个人本主义者的生态观》一文中引用了这样一组数据：美国人的心理障碍出现比率占人口的23%，而这个比率在印度是5%，在非洲是2%。这说明了什么？说明社会物质财富越是丰富，人们的心灵就越容易出问题。当代中国出现的一些社会问题，比如老人摔倒扶不扶，比如企业老板让员工跪拜感恩，比如公交车上的让座问题……所有这些发人深思让人啼笑皆非的社会现实最终都得归因于心灵。所以，安顿好每一颗心灵实在是一件大事。

回归儒家文化，我们首先要明白，我们究竟需要一颗什么样的心灵？

一是仁爱之心。

"好勇疾贫，乱也。人而不仁，疾之已甚，乱也。"（《论语·泰伯》）乱象源于我们心灵深处仁爱的流失，缺乏仁爱之心，内在的愤怒和仇恨就会成为一柄既伤人又害己的双刃剑。只有用仁爱之心去约束、引导，我们才能拨开迷雾走出困惑。

颜渊问仁。子曰："克己复礼为仁。一日克己复礼，天下归仁焉。"（《论语·颜渊》）"天下归仁"无疑是每个人都梦寐以求的大同世界，但这要建立在每个人都应具有"克己复礼"这样的仁德情怀之上。聚沙成塔，每个人都拥有一颗仁爱之心，这个社会的每个角落自然就会享受到阳光的普照。

由此可见，有无仁爱之心，不仅涉及每个人的幸福生活指数，而且关乎能否构建和谐社会。那么，我们怎么才能在心灵的土壤里埋进仁爱的种子并使之开花结果呢？

仁爱之心由孝开始，而后推己及人。

《论语·学而》中说得很明确："孝悌也者，其为仁之本与。"《孟子·离娄上》中也有这样的表达："不得乎亲，不可以为人；不顺乎亲，不可以为人子。"所以没有孝做基础，仁爱就如同空中楼阁，"老吾老以及人之老，幼吾幼以及人之幼"的动人场景就不可能出现。

仁爱之心完全取决于自己，唯有自己积极主动地修身求仁，心灵土地上才能盛开仁爱之花。

《论语·述而》篇中说："仁远乎哉？我欲仁，斯仁至矣"，仁爱之心离我们每个人都不遥远，只要我们一心求仁，我们就一定能够成为一个内心充满仁爱的人。

二是向学之心。

"饱食暖衣逸居，而无教，则近于禽兽。"（《孟子·告子上》）不要以为孟子是在骂人，他只是指出了一个事实：如果没有教育和学习，人与禽兽就没有本质区别。《论语·季氏》篇中说："生而知之者上也，学而知之者次之，困而学之者又次之。困而不学，民斯为下矣。""生而知之者"的天才毕竟是少数。其实，我们多数人的资质禀赋相差都不远，决定生命厚度的只能是学。那种遇到困惑却至死不肯学习的人，如何找到生命的出口呢？

孔夫子正是一个终身学习的楷模，他"十五志于学"，即使到了老年，学习的激情都没有丝毫消退。他说："加我数年，五十以学《易》，可以无大过矣。"在这样一位"发愤忘食，乐以忘忧"的老师的带领下，他的弟子个个都是学习型人才。孟子告诫我们："人有鸡犬放，则知求之，有放心，而不知求。学问之道无他，求其放心而已。"这里的"放"不是安放、摆放，而是"放逐，流放"之意，在此可讲为"丢失"。如何找到丢失的心？只有沿着"学问之道"前行。"朝闻道，夕死可也"，如飞蛾扑火一般，为了探求真理，即使付出生命的代价也无怨无悔。能够这样想这样做的人，无疑都拥有一颗向学之心。

学什么？不仅仅是书本知识，更重要的是学做人，学修身。拒绝学习，我们就很容易误入人生的歧途。

三是敬畏之心。

《论语·述而》中有一则小故事：子谓颜渊曰："用之则行，舍之则藏，唯我与尔有是夫。"子路曰："子行三军，则谁与？"子曰："暴虎冯河，死而无悔者，吾不与也。必也临事而惧，好谋而成者也。"孔子表扬颜渊进退有度，子路心里很不是滋味。他认为自己的军事才能也是一大优点，可是老师却从未褒奖过。为什么？因为在孔子眼里，子路是一个做事鲁莽的人。"暴虎冯河"意思是空手打虎，徒步过河，这显然是冒失的行为。那么"临事而惧,好谋而成者"是不是一个胆小怕事的人呢?他为何"惧"?因为他怕计划不够周详,怕事情办不好。这正是敬畏之心的体现,而绝不是畏缩不前的懦夫行为。

敬畏之心源于对自己、对事业的责任与担当。敬,是成就事业的前提;畏,是成就人生的保障。俗话说:"三百六十行,行行出状元。"哪些人可能脱颖而出,成为行业的佼佼者?一定是那些满怀敬畏之心的人。

如果心无敬畏,那么行为就会失去控制,为达个人目的,不惜犯险践踏国家的法律法规,不惜公然挑战通行的道德规范。对历史,对自然,对法律,对规则,对正义,对道德,对良知,对生命,对尊长,对革命先烈,对先进人物,我们都应心存敬畏。

"心有猛虎,细嗅蔷薇。"倘无蔷薇的幽香,如何制约猛虎的兽性?

当心灵变得强大而又柔软,丰盈而又轻灵之后,我们又该如何安顿它呢?儒家文化告诉我们,安顿好心灵需要借助三种力量。

第一种力量是反思。

《孟子·尽心下》中说:"山径之蹊间,介然用之而成路,为间不用,则茅塞之矣",常有人走则成就坦途,人迹罕至则杂草丛生。这正如我们的心灵,必须借助反思的力量清理杂草披荆斩棘,才能还心灵一方净土。孔子最为赏识的弟子是颜回,因为他"不迁怒,不贰过"。人们常说:"人非圣贤,孰能无过",其实圣贤也会出问题,只不过像颜回这样的优等生,在出错时不会迁怒于他人或环境,而是反躬自省,加强内心的反思,所以同样的错误他才决不会犯两次。

"躬自厚而薄则于人,则远怨矣。"(《论语·卫灵公》)勤于自我反省,才能与人为善,才能远离怨恨。这是反思的第一大好处。"内省不疚,夫何忧何惧?"(《论语·颜渊》)每天自我反省,如无愧疚,则可以顶天立地,无所畏惧。这是反思的第二大优点。"见贤思齐焉,见不贤而内自省也。"(《论语·里仁》)当然反思还要找到合适的参照,贤与不贤都是一面镜子,经常览镜自照,才更容易发现内心潜藏的问题。这当然是反思的不二法门。

当然,自我反省也不是一件容易的事。谁愿意总是为难自己呢?所以孔子感叹道:"已矣乎!吾未见能见其过而内自讼者也。"(《论语·公冶长》)过去,开展批评和自我批评经常挂在人们的嘴边,如今,大家都争着表扬与自我表扬了，心灵就可能错位了。反躬自省，我们还是要回到自我批评的反思之路上去。踩着反思的台阶拾级而上，才能走到生命的制高点。

第二种力量是正确的财富观。

印度诗哲泰戈尔忧心忡忡地叹息道："鸟的翅膀绑上黄金，它还能高飞吗？"现在一些中国人的心灵被严重地物质化了，一切都以金钱为标准，这些人的心中只装着金钱。也正因为如此，我们才要树立正确的财富观，从金钱的重重包围中冲出去，洗去心灵上沾染的铜臭气。

先哲早已清醒地认识到了利益至上的危害。"放于利而行，多怨。"（《论语·里仁》）以个人为中心，以个人利益为半径的做法是极端自私自利的，这样做的结果只能是天怨人怒，成为人们口诛笔伐的对象，成为社会舆论的风口浪尖。

所以孟子提醒我们："养心，莫善于寡欲。"（《孟子·尽心上》）儒家在"君子爱财，取之有道"的前提下，对物质享受保持着一种天然的警惕，他们知道，心灵的土地上总是很容易生长出各种欲望的杂草，唯有正确的价值观才能加以剪除。"君子食无求饱，居无求安。"（《论语·学而》）不求其饱不求其安，最大限度地降低对物质的依赖，正是克制物欲强烈的方法。

那么，正确的财富观是什么呢？"不义而富且贵，于我如浮云。"（《论语·述而》）有谁见过浮云总固定停留在一处的？此刻在头顶，一阵风过，就越飘越远。贪官依靠权力寻租谋得的亿万家财就永远是他的私有财产吗？奸商凭借造假贩假赚得钵满盆溢，那些来路不正的金银财宝就永远属于他个人吗？一旦东窗事发，一律要上缴国库。《红楼梦》中甄士隐为跛足道人的《好了歌》作解注说："陋室空堂，当年笏满床；衰草枯杨，曾为歌舞场。蛛丝儿结满雕梁，绿纱今又糊在蓬窗上。""笏满床""歌舞场"何等富足繁华，而今呢？全变成了"陋室空堂""衰草枯杨"。

清末封疆大使左宗棠告老还乡，在长沙大兴土木，为子孙后代留下豪华府第，他总怕工匠偷工减料，亲自拄着拐杖到工地督工。有位老工匠看他如此不放心，就说："大人，放心吧。我活了这么大一把年纪，在长沙城造了不知多少府第，从来没有倒塌过，但屋主易人却是经常的事。"左宗棠听了，不觉满面羞愧，叹息而去。"房屋易主"正好证明了富贵的确如浮云一般。

所以孔子断然拒绝这样的不义之财。他说："富与贵，是人之所欲也，不以其道得之，不处也。"（《论语·述而》）丧失"道"和"义"的原则，像葛朗台那样见到金子眼睛就发光，必欲得之而后快，如此不管不顾，能有什么好下场呢？

第三种力量是高远的理想。

理想的力量在于提升生命的品位，使之拒绝庸俗，脱离低级趣味。理想越是高远，心灵越是洁净，成就的事业当然就会更大。

孔子的理想是"老者安之，朋友信之，少者怀之"。老年人能安度晚年；朋友之间心无芥蒂，相互信任；青少年能得到应有的关怀，健康快乐地成长。这是孔子心目中的理想王国。一方面，他为此周游列国14年，希望寻找一方政治平台大展宏图；另一方面，他又坚守理想，决不苟且，决不妥协，不向恶势力低头，也不会为霸权主义者助纣为虐。孟子的理想是"达者兼济天下，穷则独善其身"。能够上位，则心怀天下苍生，情系社稷安危，而不是"当官不为钱，请我都不来"。从庙堂之高退居江湖之远，则致力于修身励志，提升自我。先哲为我们做出了很好的表率，让我们明白，理想的明灯照亮了我们的人生之路，指引着我们的心灵向着既定目标前进，这才符合儒家"修齐治平"的人生观。

被称为"当代焦裕禄式的好干部"孔繁森主动报名到西藏工作，写下"青山处处埋忠骨，一腔热血洒高原"，以此铭志。"热血洒高原"的伟大理想成就了孔繁森"人民好公仆"的愿望。

因此，孔子说："苟志于仁，无恶也。"（《论语·里仁》）能够穷其一生探求仁德的人，哪里有时间做恶呢？黑暗与光明永远无法共存，心有理想之光普照，罪恶自然无处藏身。

孔子非常看不起那种患得患失的鄙夫。他说："鄙夫，可与事君也与哉？其未得之也，患得之；既得之，患失之。苟患失之，无所不至矣。"（《论语·阳货》）为了保全自己的既得利益，鄙夫"无所不至"，无所不为，将自己的幸福建立在他人的痛苦之上。为什么？因为他的心中没有理想纯洁的光芒。"君子坦荡荡，小人长戚戚。"君子之所以能够堂堂正正地挺立于天地之间，不担忧，不恐惧，是因为他心不藏奸，是因为他心底无私天地宽，是因为他能把心灵打理好，安顿好。

倘若我们都能以做坦荡荡的君子为理想,那么,所有的歪风邪气都必将烟消云散。

现在让我们回到开头提及的现实问题。

老人摔倒,伸出援手搀扶本是每一个公民的义务。简单的问题为什么变得如此复杂?还要找证人,还要写保证?因为少数老人为老不尊,心无仁爱与敬畏,贪念作祟,这才践踏了社会公德。

企业老板的确为社会提供了就业机会,作为员工,也的确应该感恩。但凡事过则成灾,下跪谢恩这一幕自然成为笑柄和闹剧。在那位老板心里,金钱的力量足以剥夺员工的尊严。

而公交车上给老弱病残让座,这是中华民族尊老爱幼的传统美德。年轻人不让座,说明孝悌的观念淡薄,敬畏之心残缺。但年老人如果借此发飙,过度反应,恶声诟詈,甚至拳脚相加,如此为老不尊,则仁爱之心安在?

在物欲横流的时代,在众生喧哗的时代,衷心希望我们每个人都能安顿好自己的心灵,让自己活得更坦荡,让生活变得更和谐!

值得毕生恪守的《论语》金句十三则

一部《论语》，煌煌万言。弱水三千，只取一瓢饮，试摘十三则，以为圭臬。倘能敬事奉行，或能多所裨益。

对自己：以约失之者鲜矣。（因为约束自己而犯错误的人很少。）

约束，似乎不被人看好，也不被人喜好。年轻人尤喜无拘无束，风一样自由自在。其实适当约束必不可少。比如内心的欲望草长莺飞，要不要克制一下？站没站相，坐没坐相，要不要规范一下？"心中的猛虎细嗅蔷薇"，蔷薇之幽香正可约束那头随时可能跳出来伤人害己的猛虎。

对父母：父母之年不可不知，一则以喜，一则以惧。（父母的年龄不能不知晓，一为父母健在而喜，一为岁月流逝生命有限而惧。）

一曲《时间都去哪儿了》让很多人泪眼婆娑。与其人到中年幡然醒悟，不如常回家看看，至少也要经常电话传情。"谁言寸草心，报得三春晖。"有几株花草能够真正回报阳光的普照？"子欲养而亲不待"的悲剧从来就没有停止上演。

对朋友：忠告而善道之，不可则止，毋自辱也。（对朋友忠心劝告，善加引导，如果不听从就算了，不要自取其辱。）

每一个人都是一座孤岛。即使形影不离的朋友，也是迥乎不同的两个世界。忠告过，引导过，朋友的情谊已尽，奈何心魔难除，何必执着？毕竟，两朵相同高度的云相遇，才可能酝酿一场雨。

对上级：事君数，斯辱矣；朋友数，斯疏矣。（侍奉领导过于频繁，就会招致侮辱；朋友总是腻在一起，渐渐也会疏离。）

凡事都要把握好度，不必用力过猛。过分频繁地出现在领导的视野中，领导或许会怀有戒心。即便是同事，恐怕腹诽蔑视者也不少吧。距离产生美，零距离相当危险，不仅会牺牲锦绣前程，还可能连朋友都没得做。所以才要"君子之交淡如水"。但又须提防另一个极端：流断水涸。交情至此，已如死水矣。

对言行：言忠信，行笃敬。（说话忠诚守信，做事踏实恭敬。）

一张嘴巴，两只耳，两只手，这是不是在暗示人们，要少说多听多做呢？天籁令人喜，人籁惹人厌。而立即行动，则永远是解决问题的最佳方案。

　　对错误：过而不改，是谓过矣。（犯了错误却不加改正，这才称得上是过错。）

　　"人非圣贤，孰能无过？"其实，圣贤如孔子，也会有出错的时候。正是大大小小的错误陪伴并见证着成长的整个过程。错误并非洪水猛兽，犯错后的态度及采取的行动才决定着生命的高度。猪八戒在同一块西瓜皮上连续摔跤，才是真正失败！

　　对学习：日知其所亡，月无忘其所能。（每天学习一点自己缺乏的知识，每月都能巩固强化已经掌握的知识。）

　　知识更新越快，对个人的学习能力要求越高。"活到老，学到老。"的确，在学习型的社会中，不能须臾停止汲取知识的追求。

　　对工作：居之无倦，行之以忠。（对工作要满怀热忱，不知倦怠，而且要一心一意地做好本职工作。）

　　敬其事而后其食。（先把工作做好，再说工资待遇。）

　　态度决定一切。一个女孩，大四实习，整天趿着拖鞋，啪嗒而来，啪嗒而去，染着红艳的指甲，上班似乎没有准点过。真替她难过：职场的第一章就被她撰写得如此蹩脚，漫长的一生怎么办？有事可做，是幸福的源泉之一。那位庖丁先生，几十年如一日地在杀牛的行业中摸爬滚打，真不容易，辛苦不说，挣的钱也不会太多吧。可他最终成了那个行业的佼佼者，因为他破译了行业密码：不知疲倦，以工作为乐；只问耕耘，不问收获。

　　待人之道：礼之用，和为贵。（礼节的作用就在于营造和谐的人际关系。）

　　人终归要与他人共处，人际关系僵化的根本在于举止粗鄙，自我为中心。不将别人放在眼里，人家自然也是目中无人。"投之以桃李，报之琼琚"，才有助于构建和谐社会。有天才而无礼节，反误卿卿性命，杨修祢衡是也；天分不足却彬彬有礼，事业才会更上一层楼。

　　人生态度：知之为知之，不知为不知，是知也。（知道就是知道，不知即为不知，勇于承认，才是大智慧。）

小聪明从来都是贬义词。自以为是，不肯下苦功夫者何曾有收获？所以有人说，这世上有一条波涛汹涌的河流，淹没了无数人的生命，这条河的名字就叫作"聪明"。据说，成大事者智商佳者少，情商优者多。而态度，正是情商的核心。

财富观：不义而富且贵，于我如浮云。（不通过正当渠道获得的财富，对我而言，就是一朵倏忽而来飘然而去的云，总也无法挽留。）

摧毁世道人心的，其实不是金钱本身，而是攫取利益时的贪念。一旦心魔即成，起码的判断力就丧失殆尽，生命就开始坠向万劫不复的深渊。"临财毋苟得"，得之又如何？财来财去，正如云卷云舒，谁又能留得住呢？笃定淡泊些才好！

快乐观：乐节礼乐，乐道人之善，乐多贤友。（快乐就是用礼乐打理好自己的心灵和言行，多讲别人的优点，交几个贤朋雅友。）

汗水浇开的花朵因其真实切近而令人心动，白日里的幻梦因其空虚缥缈而让人神伤。快乐亦如斯。虚妄之乐如江湖儿女闻之色变的唐门毒药——笑笑散，在止不住的狂笑声中四肢渐渐冰凉，七窍慢慢流血。

《论语》中的金玉良言不板着面孔说教，不居高临下训诫，贴近生命本真，直抵心灵深处。值得铭记，值得恪守！

子不语

善言者如果恰逢伯乐，贤君明主青睐有加，得以逞口舌之利，经天纬地，铸就辉煌，岂不乐哉？苏秦张仪是也。

一旦所遇不合，非但不能建功立业，反而会以言贾祸，岂不悲哉？杨修祢衡是也。

善言者还要抓住时机，当机遇没有到来时，纵然鼓动唇舌，挪移乾坤，焉有用武之地？烛之武可谓英才盖世，惜乎半生潦倒，好在上天垂怜，在秦晋两个大国要瓜分郑国的危急关头，将他推至历史的前台。倘无国难，烛之武恐怕要饮恨终身，谁人知之？孔明舌战群儒，实为形势所迫耳。战机稍纵即逝，唯有挺身一试。然而此一战，足以征服江东才士，促成孙刘联盟，拉开了三国鼎立的大幕。

遇明主伯乐实难，捕捉机遇尤其不易，看来要真想仅凭口舌万古流芳，几乎是千年等一回。

所以索性不说。

佛陀拈花微笑，急煞众比丘，始终金口紧闭，凭尔感悟。孔子喟叹道："我不想再说话了。"子贡大恐："师尊不言，我等课堂笔记岂不空白？"夫子说："上天从不说话，可万物依旧生长，四季照样轮回。"墨子亦有醍醐灌顶之言："君子如钟，弗击不鸣。"西哲维特根斯坦也有类似的表达："凡不可言说者，必保持沉默。"看来，沉默确乎是金，真金！

有时不敢说。不敢，是因为监管力度大，打击力度强，与其出言得咎，不如不说。在美国中情局无处不在的监听下，谁无恐惧？明朝的厂卫制度渗透力更强，连两口子的私房话都会传到皇帝佬儿那里。成语"道路以目"说的是周厉王大行白色恐怖的史实，小民们途中相遇，只能以眼睛示意，每张嘴巴上都高悬一把巨钳，谁敢开口？想想那场景，可真够黑色幽默的。生动描述不敢说的成语，在中国还有不少，噤若寒蝉、万马齐喑……唉，我们的同胞也真够可怜的。于是，满街狼犬之时，遍地腥云之际，貌似木讷的国人深知，不说，正是上上之策。

有时不必说。摆在眼前的事实,正所谓"秃子头上的虱子",还用得着饶舌吗?齐心协力创造的奇迹,彼此都心知肚明,何必要贪天之功,以为己力呢?《伊索寓言》中写道:车轮滚滚向前,自是不争的事实,可是偶尔停留在车轴上的苍蝇,却得意之极,非要一口咬定是自己的力量在推动车子前进,因之居功厥伟。一个团队里总有那么一小撮人,逢成绩则大拍领导马屁,决策英明啦,领导有方啦。更有人刻意夸大自己的作用,邀功请赏。如此表演,在实干者看来,止增笑耳,而谄媚者或自吹者,却总能获利多多。何必呢?与其耍嘴把式,不如踏实地干起来。事功在于行动,不在于嘴巴。

　　有时不想说。为何不想?一是冷漠,关我什么事,我懒得浪费二两口水。二是失望。当说必说,可是一说无效,再次进言,又是热脸贴着冷屁股,于是乎,罢罢罢,从此好坏不说,功过不提,是非不论。其实并非每个人天生一副铁石心肠,只是世事艰险,人心难测,时间一久,自然由失望跌入冷漠的幽谷。多少同学少年,怀抱指点江山之志,誓为团队建言献策,话不少说,每一句都石沉大海,甚而引来嘲讽,招致打压,万丈豪情渐渐冷却如千年玄铁。想当年,庄周先生也渴望成就功业,可是满腔热忱换来了什么?楚国大夫奉命请庄周入相,"愿以国境累矣",可是庄子"持竿不顾",宁愿垂钓于粼粼碧波,也不肯做锦盒中的乌龟。他的心真的冷了,所以他果断地放弃别人梦寐以求的话语权,因为他早已不做此念。

　　西汉刘向在《说苑》中所言:"口者,关也;舌者,机也。"掌控好口舌的机关,少甚或不说为佳,认真践行圣人教诲:"君子欲敏于事而讷于言也。"

孔子的幽默

在《史记·孔子世家》的结尾，太史公满怀崇敬地落笔："《诗》有之：'高山仰止，景行行止。'虽不能至，心向往之。"固然，夫子自有耀眼的光环，但绝非只堪供奉于庙宇的神像，凛然不可侵犯，俨然不食人间烟火。整本《论语》，煌煌万言，再现的是孔夫子多彩的人生，复杂的人性，当然自有其幽默的一面在焉。

作为职业教育家，在春风化雨的布道过程中，夫子对众弟子并非总是一味严霜满面地训斥，或一本正经地说教，常有幽默的言行，读之殊令人忍俊不禁，不觉莞尔。

比如对大弟子子路，盖出乎"爱之也深，责之也切"的缘故，呵责虽多，然而宽容之处亦不少。所以子路的个性非但没有被压抑，反倒格外张扬。竟至于常敢当面与老师叫板顶牛，夫子亦不以为忤。某日，孔子蒙卫国绯闻女人南子召见，待的时间可能稍显长了些，甫一进门，便遭遇子路的"铁门栓"——脸色铁青，双眼燃烧着愤怒与不屑之火，烧得孔子自乱了方寸。夫子素知桃色新闻猛于虎，无官事小，失节事大，弄不好，倾黄河之水也洗不去这"好色者"的恶名。于是夫子放下师道尊严的架子，赔着小心辩解，辩解不足，甚至于指天盟誓："我的行为如失检点，天打五雷轰。"其实，"子见南子"当属私事，与卿何干？子路偏要不悦，还要不依不饶地讨个说法。先生呢，也并不狗急跳墙恼羞成怒，只是一个劲地耐心解释。如此反常，是不是有"越描越黑"之嫌疑呢？

十四载周游列国，一路鲜花，一路坎坷；一路弦歌不绝，一路艰难险阻。"子畏于匡"之际，大家的心都悬在半空中，虽然夫子仍是"泰山崩于前而色不变"的波澜不惊，但终归满脸虚汗。遗憾的是自己的得意门生颜回却掉队落伍，不在现场，未能与老师共纾此难，夫子因之如鲠在喉，不吐不快。颜回追上队伍后，夫子劈头一句："现在才来，我还以为你死了呢。"半嗔半笑的话语破空而来。颜回好整以暇地应了一声："先生健在，我哪里敢死呢？"标准的冷幽默。难怪后人常孔颜并举，这一对师生实在是心有灵犀,"相视一笑,莫逆于心"。

不仅对老资格的先进弟子,就是对小字辈的青年才俊如子游者,夫子仍不忘幽他一默。子游任职武城县长,请老师前去视察指导工作。孔子自到武城,常听到优美的琴声从寻常百姓家飞出,音乐的精灵"散入春风满武城",于是焉,嘉许得意之情如花绽放,老人家却正话反说:"礼乐大道用以治国则可,你却用来治理小小的武城,割鸡焉用牛刀?"戆直的子游吓了一跳,连忙说:"我谨记着您老人家的教诲呢,您不是经常说'君子学道则爱人,小人学道则易使也'吗?"看着子游着急的样子,夫子心里那个乐呀。于是浅浅一笑道:"你说的没错,我刚才是和你开玩笑呢?"空气疏淡,涟漪轻漾,孔门弟子会心一笑,稀释了多年来政治失意之惆怅。诚如是哉,落寞与失望积淀于胸,若无爽朗的笑声,日子岂不沉闷如铁屋子?一言一笑实为心灵深处的诉求。

或许与弟子们开开玩笑逗逗闷子,在孔子未为难也,但对陌生人倘仍能莫名其妙地搞笑,就有点惊世骇俗了。"孺悲欲见孔子,孔子辞以疾。""欲见"说明孺悲遇到了人生难以逾越的障碍,亟待夫子指点迷津,却又不敢直接送上门来。估计孺悲先生亦有自知之明,怕吃闭门羹,传出江湖,无益于面子,只得派人传话。果然,夫子不给面子,以疾病为借口实在无懈可击。"将命者出户,取瑟而歌,使之闻之。"读到这里,不由得我们不爆笑。夫子故意大声鼓瑟唱歌,故意自揭谎言,明确地传达了一个信息:"我老人家身体好着呢,我就是不愿见孺悲竖子的那副嘴脸。"后来孟子将此举演绎为"圣人不教之教",以暗示之法敦促孺悲自我反省。孟子何必如此"文以载道"?分明就是孔老夫子童心未泯,顽心乍现。

孔子的形象被后代神化,盖肇始于唐,鼎盛于宋明,始而为圣为王,继而惨遭"存天理灭人欲"的理学家们刀削斧琢,于是焉夫子总以严肃的面目示人,不肯眉梢轻扬露出一丝笑纹。殊不知"一朵花打扮不出春天","万紫千红春满园"。还是颜回相知甚深:"瞻之在前,忽焉在后。"确乎唯有"圆形人物",才更能为人们喜闻乐见,所以"君子有三变"才更符合人性和人情。神化的结果却是丑化为"扁形人物",夫子地下有知会不会气歪鼻子?

良好的表达需要口舌与眼睛合作

口若悬河，滔滔不绝，一定不是嘴巴的专场演出。没有眼睛的参与，所谓的语言盛筵只勉强算是逞口舌之能，而且还极可能招来杀身之祸。

战国是纵横家的舞台，张仪在生命垂危之际唯忧"舌"——"吾舌尚在乎？"他的师兄弟苏秦自以为天纵英才，于是入秦游说，可任凭你天花乱坠，秦王还是忍不住昏昏欲睡。难怪是一个老师教的，他们只看到口舌之利，而不知眼睛缺席的危害。没有眼睛的全力以赴，口舌之箭怕是要偏离目标的。

其实更早些时候，孔夫子就注意了眼睛与口舌的关系。

他说："可与言而不与之言，失人，不可与言而与之言，失言。知者不失人，亦不失言。"何以知道哪些人"可与言"，哪些人"不可与言"？当然先要过眼睛这一关，一旦判断失误，要么失去结识一位贤人的机会，要么浪费一番精心准备的话语。无论如何，在没有得到眼睛的指示之前，口舌不可轻易发动，否则，不配做一个智者。

他还提醒我们，侍奉领导有可能犯三种错误，最糟糕的那种就是："未见颜色而言，谓之瞽。"这话语气有点冲，有怒而斥之的意思："不看老板的脸色和表情就乱说话，就是睁眼瞎。"老板早已将满心的怒火烧在脸上了，你还不识趣地火上浇油，后果当然很严重。

所以口舌绝不可贸然单独行动。

《战国策·触龙说赵太后》就是一篇口眼通力合作，最后大获全胜的经典案例：

秦军大兵压境，赵国独木难支，唯有求救于齐，可齐国要求以赵太后的宝贝幼子长安君为人质。对这种欲剜心头肉的条件，赵太后断然拒绝，并明确诏令："凡有再提这档事的，我老人家就一定吐他一脸口水。"僵局不破，赵国就会被攻灭。关键时刻，老臣触龙挺身而出。别以为老人家也是一个只会单兵种作战的普通说客，他先看到赵太后脸上的严霜，心中早已定下欲擒故纵之计。他先说老年人共同关注的健康问题，以寻找心灵的共鸣点。果然,"太后之色少解",严霜开始消融。触龙因势利导,最终成功说服强硬的赵太后,含笑同意让长安君为人质。

整个过程由剑拔弩张始,以皆大欢喜终。倘论功行赏,则斩获首功的非眼睛莫属。这出口舌与眼睛联袂演绎的好戏正印证了《论语·宪问》中的精彩表达:"夫子时然后言,人不厌其言。""时"则稍纵即逝,倘无眼睛介入,如何把握得住?所以《增广贤文》也告诫我们:"出门看天色,进门看脸色。"

以自然为师

孔门弟子中的翘楚子贡曾如是说:"夫子焉不学?而亦何常师之有?"译成现代文意即:孔夫子从哪里不能学习呢?为什么一定要有固定的老师呢?后来韩愈就据此形成论断:圣人无常师。的确,孔子的老师从不固定,"道之所存,师之所存也。""三人行必有我师"自不待言,"就有道而正焉""见贤思齐"都可为有力佐证。

其实,夫子不仅以人为师,他还师法自然。

比如,他以动物为师。他感慨道:"山梁雌雉,时哉时哉!"——山梁上的母雉,也懂得见机行事啊!雌雉见孔子一行人来,立即起飞避开,在空中盘旋后发现,来者并无恶意,空气中也并未弥漫着危险的气息,于是仍憩于枝柯。夫子心有所动,明白时机对每个生命的意义。亚圣孟子说孔子是"圣之时者也",良有以也。

对千里马,人们习惯于激赏其日行千里之能,夫子却发现了另一个秘密:"骥不称其力,称其德也。"或许有人质疑:既为千里马,能力分明更重要嘛,何来其德?殊不知,夫子以马喻人,强调专业水平再高,德器不修,终难成就。这是不是在提醒我们,要做一个合格的人才,必须又红又专,德才兼备。

比如,他以植物为师。黄河以北是夫子周游列国的主要活动区域,那里每逢秋冬,草木凌寒而凋,木叶尽脱,夫子却发现唯有松柏抵死固守,不改其绿,于是赞扬道:"岁寒然后知松柏之后凋也。""岁寒"是困境的象征,后凋的松柏何尝不是一种不畏艰险知难而上的精神品质呢?或许我们可以把"松柏精神"加冕于夫子吧。

他甚至能于无生命的自然景物提炼出深刻的哲理。长风猎猎,夫子独立于河岸,他发现汤汤流水有两大特点,一是昼夜奔腾不息,一是永远东流不回头,于是留下千年一叹:"逝者如斯夫,不舍昼夜。"也许正是这句浩叹,开启了中国文化中关于水的思考之门。

低头忽见流水有意,而仰望苍天,复见浮云亦引人遐思。你看它此刻悬于头顶，倏忽之间，飘散远去。此情此景何所似？夫子略加沉吟，语出惊人："不义而富且贵，于我如浮云。"真的呢，《红楼梦》中也有这样沉痛的表达："陋室空堂，当年笏满床；衰草枯杨，曾为歌舞场。蛛丝儿结满雕梁，绿纱今又糊在蓬窗上。"堪为最佳注释。

夫子甚而以至高无上的"天"为师。他暗示子贡："天何言哉？四时行焉，百物生焉。天何言哉？"世间万事都是努力苦干的结果，正所谓"实干兴邦，空谈误国"。

孔夫子正因其能随处学习，时刻以谦卑的姿态，以贤能者为师，以大自然为师，才成为中华文化的一座难以逾越的高峰。

我忽然想起与夫子同时代的隐士。这些高蹈者总是将身心安放于大自然，"寄情山水，终老林泉"，对他们而言，山水怡情则可，像孔子那样从自然中悟出智慧，进而以之与世周旋，他们万万做不到。

批评与宽容的界限

《论语》中，孔门弟子众多，禀性、资质、德器各个不同，更兼"人非圣贤，孰能无过"（即使圣贤如孔子本人，也出过状况，他自己曾说"加我数年，五十以学《易》，可以无大过矣"，是不是夫子自道呢？）。所以，孔子经常遇到学生犯错误，如何面对？不仅是相机处理灵活应对的教学机智或教育智慧的问题，更折射出孔子深层次的教育思想与原则。

统观《论语》，我们不难发现，在面对学生出现的问题时，夫子的态度不外乎二：一则痛加申斥，二则宽容赦免。

遭到先生责骂的至少有五位：宰予、子贡、冉有、子路、樊迟。其中前四位都是优等生，宰予和子贡名列言语科前两名，冉有和子路则是政事科的佼佼者，唯有樊迟，反应稍为迟钝，禀赋略显低下，但综合各种资料考察，估计也算得上中等生。然而，愈是优秀，先生愈是"爱之深，责之切"。

宰予被怒骂是因为"昼寝"，老师骂得相当难听，"朽木不可雕也"更因此而流芳千载。白天睡觉何以遭此口诛？回到那个生产力水平低下物质极为匮乏的时代，我们不难发现，白天，不论是耕作还是求学，都弥足宝贵，大好的光阴在睡眠中过去，如何修身，如何立命，如何通达？不要说古代，即使是今天，又有哪一项成绩或功劳不是时间的杰作呢？遑论学习，即便是孔子本人，亦格外珍惜寸阴分阴。"子在川上曰：逝者如斯夫。"言犹在耳，宰予有什么资格"昼寝"？有道是"流光容易把人抛，红了樱桃，绿了芭蕉"，在逃去如飞的时间面前，不踏实勤奋，焉能出类拔萃？

子贡舌绽莲花，外交辞令娴熟，据《史记·仲尼弟子列》载："子贡一出，存鲁，乱齐，破吴，强晋，而霸越。"凭三寸之舌搅动天下局势，可谓"前无古人，后无来者"。然而，这位"高足"的嘴巴能为他赢得名声，亦会给他招致麻烦。《论语·宪问》篇载："子贡方人。子曰：'赐也贤乎哉？夫我则不暇。'""方人"意即信口雌黄，随意臧否人物，孔子毫不留情，也不讲什么委婉曲折之法，而是毫不客气地批评。"谁人背后不说人，谁人背后无人说"似为常识，为什么子贡"方人"就被叫停？别忘了夫子对言行的一贯主张是"敏于事而讷于言""语言的巨人，行动的侏儒"实为夫子最瞧不起的，有闲工夫磨嘴皮子，不如踏实做事读书或反省。往严重里说，子贡的口才越好，就越容易逞口舌之能，嘴巴越发达，双手势必萎缩，心灵就容易空虚，德行即无由提升。故而，先生当头棒喝，使之回头是岸。

冉有被骂得更是酣畅淋漓。《论语·先进》载："季氏富于周公，而求也为之聚敛而附益之。子曰：'非吾徒也，小子鸣鼓而攻之可也。'"在所有弟子中，这一次对冉有的态度可谓严厉之极，大有扫地出门之决心，必欲除之后快之果断。冉有多才多艺，政治才能军事才能均属一流，夫子周游列国14年，幸赖此生，方能重回故里。虽然如此，孔子也不肯稍加原谅，因为冉有助纣为虐，帮已经富于周公的季氏搜刮民脂民膏，此举以牺牲鲁国百姓利益为代价取悦季氏，置苍生于何处？置儒家教义于何处？如此不仁不义之徒自然没有资格做孔门弟子。冉有既然如此迎合附逆自甘堕落，卑劣如斯，被痛斥自然在情理之中矣。

而樊迟被骂与成绩素质无关，纯乎是他个人太没出息，志向太低，竟然屈尊降贵，"请学稼""请学圃"，夫子怒斥其"小人哉，樊须也"。注意，《论语》中的"君子"与"小人"既可以道德品质高下区分，亦可以等级尊卑相别。此处意即批评樊迟竟然甘愿做一介农夫。或许有人会对先生腹诽，且慢，先不要急于打上阶级的烙印。孔门弟子学习的内容不仅有赖以谋生的小六艺——礼乐数射御书，更有借以晋身的大学之道——《诗》《书》《礼》《易》《乐》。求学的目的自然不能定位于混口饭吃的水平，诚如曾子言："士不可不弘毅。仁以为己任，不亦重乎？死而后已，不亦远乎？"引领苍生走向"仁义礼智信"，实为士的职责所在。樊迟却不愿志存高远，不愿通过自己的努力推动个人的生命走向更高境界。"恨铁不成钢"的夫子情急之下，口不择言，话虽难听，却完全合乎一个老师的身份。

别以为孔子总喜欢满脸严霜地训斥责骂，孔门弟子绝非动辄得咎，老人家慈颜常笑大肚能容的时候亦不鲜见，寻常的和颜悦色和风细雨自不必说，单是对两个人的宽赦，就足以让现在的冬烘先生们汗颜之后反思。

其一是对曾皙。在著名的《子路曾皙冉有公西华侍坐》一则中，曾皙的表现实在另类。虽然不是正常的课堂，不必拘泥于课堂纪律，但毕竟有师道尊严，而且师生谈理想也是重大课题，执弟子礼还是理应严肃些。可曾皙不，他的行为迥异于三位师兄弟。先生抛出问题后，大家应该深思熟虑再依齿序作答。此刻曾皙在干什么呢？鼓瑟。琴声乱耳，岂不搅扰清谈？换了别的老师，定然会暴喝一声"暂停"。孔子则不愠不怒，索性把这琴声当作美妙的背景音乐，还生怕打断了曾皙的雅兴。子路"率尔对曰"之后就轮到曾皙了，可先生直接点将冉有，再请公西华发言，让曾皙压轴。尤令人吃惊的是，对大谈政治抱负治国之志的三位，先生并不是赞赏有加，倒是曾皙优哉游哉地描绘出的一幅暮春游乐图，反而大受赞扬——"夫子喟然叹曰：'吾与点也。'"由宽容乃至于激赏，孔子对这位另类同学的态度颇令人肃然起敬。或许正因为如此，孔门弟子才气象万千，每一位均能个性飞扬。

其二是子路。对这位仅小自己九岁，长期诚心跟从，亦师亦友的弟子，孔子深知其"好勇""兼人""千乘之国，由也可使治其赋"，但好勇鲁莽有余，谦逊退让不足。如何将这位"卞之野人"打造成精英人才，想必孔子也很费了一番神思。所以，对此君，先生是打压与宽容相结合。子路虽然挨批的次数远高于同门，但心态极好，还敢向老师叫板——在孔门弟子中，有此勇气的恐怕只有这位仁兄了。"子见南子，子路不悦。"你说奇也不奇？老师要见谁，好像还要经过学生的允许似的。而且，根据情景推测，子路的"不悦"不仅鲜明地写在脸上，说不定还会出言不逊。可先生不但不生气，还指天盟誓，以图开解。子路多次叫板顶撞，孔子不以为忤，着实叫人佩服。因为子路虽则不敬，但无伤大雅，不涉及大是大非的根本问题，所以孔子索性"难得糊涂"。不像今日某些教师爷，学生偶有小错，轻则数落半天，重则写检查叫家长，施以体罚者亦不乏其人。

教育，《论语》不能缺席

半部《论语》而天下可治，足见其伟大。其实，不独治国平天下，就是教育，也应奉之为圭臬。惜乎长期以来，国人早与之隔膜，先贤教诲自然远离耳畔。唯有深入研读《论语》，以其中金玉良言实施教化，对每个受教育者都会从心灵到言行产生积极的影响。

一方面，加强引领学生阅读《论语》，为他们的成长提供滋养心灵的营养元素。

所谓成长，绝不仅指身高增加，年龄增大，成长的核心其实应是心灵变得越来越强大、充实、高贵。西哲有言，"人性是一个动词"，因为要使人性具有一定的厚度和宽度，需要一个渐进过程。心灵的成长亦然，无此，生命的意义将无从彰显。那么如何改变孩子的心灵呢？《论语》无疑是最有效的利器之一。儒家主要强调外礼内仁，而"仁"正是心灵之土上绽放的道德之花。"唯仁者能爱人"，爱家人爱老师爱同学爱社会上其他相关或无关的人，"泛爱众而亲仁"，心中有爱，孩子才能尊重世界上的人、事、物；心中有爱，孩子才能充分感知这个世界上到处流溢的脉脉温情；心中有爱，孩子才能明白自己的职责所在。这些与儒家一贯奉行的"脚踏实地，勇于担当"的主张相吻合。试想，孩子心中蓄满了仁爱，他还会逃避学习、惹是生非、顶撞父母、挥霍青春吗？所以孔子才如此下断语："苟志于仁矣，无恶也。"

当然，"仁"根植于心之后，还要辅以"反思"。孔子与他的弟子们都是善于反躬自省的好样板，置言之，今天的学生们也应该向先贤学习，踏着"反思"的台阶上升。如果没有"三省吾身"，焉能克制人性的弱点和贪欲？没有"退而省其身"，如何能拔除心灵之土上的杂草？没有"能见其过而内自讼"，又怎能辨识自己人生之旅上的歧途与逆境？

同时，对知识的汲取一刻也不能停止。孔子痛恨的行为之一便是"饱食终日，无所用心"，如此游手好闲之徒定易无事生非。如何填补心灵的空虚？知识源源不断地汩汩流入，心田自然不会干涸，长出的自然也不会是荒芜野草。孔子"十五而志于学",到五十岁仍手不释卷,刻苦读《易》以减少错误,所以孔子真的当得起"活到老学到老"的楷模,他以自己的亲身体验为"终生学习"做出了最好的诠释。以书香克制心中的戾气,才是教育的正途。

另一方面,重视用《论语》规范孩子的言行。

第一,要端正态度。"敬事而信","敬"即是对应尽职责的尊重,唯其有"敬",才能够小心谨慎、一丝不苟地恪尽职守;唯其有"敬",才会心生畏惧,明白错误行为带来的危害。任何人从事任何活动,都离不了"敬事"的态度,那种苟且随意游戏人生的做法,只能指引孩子的脚步走向人生的穷途末路。

第二,须言行一致。纵观《论语》,孔夫子鲜明地主张少说多做,要"多闻,慎言;多见,慎行",要"敏于事而慎于言",要"先行其言而后从之",认为"巧言令色,鲜矣仁""巧言乱德"。中学生在成长的黄金时期,如果沾染上了夸夸其谈的毛病,便无足观,更遑论学业有成,因此,做一个行动的巨人,而不是一个语言的巨人,言行一旦分离,正如失却航向的船。

第三,鼓励孩子勇敢地面对错误。有道是"金无足赤,人无完人""人非圣贤,孰能无过",伟大如孔夫子,也是到了七十岁才"从心所欲不逾矩",所以孩子们在成长中出现了问题,不能被视为洪水猛兽,当然也不能熟视无睹置若罔闻。孔子对错误的定性是"过而不改,是谓过也",他欣赏颜回的"不迁怒,不贰过"的超绝情商,主张"过则勿惮改",提倡"见其过而内自讼"。在错误面前百般狡辩文过饰非者,就会因为缺乏坦然直面错误的勇气,而坐失改正错误的最佳时机。

第四,注重唤醒学生心灵的力量。学校有完整的规章制度,但我们不能动辄挥动大棒,以此作为处罚惩戒的依据。孔子说:"齐之以政,导之以刑,民免而无耻;齐之以德,导之以礼,有耻且格。"政令纪律均系外力,而改变心灵和行为的主要动力应是内因。每个人都有两面性,每个人的心灵深处都有两种力量在较量——善与恶,人性与兽性,此消彼长,只有克制恶的、兽性的力量,心灵才能获得宁静和秩序。法国诗人萨松说"心中的猛虎在细嗅蔷薇",以道德的蔷薇之香来压制猛虎的邪恶兽性,心灵才会达到奇妙的平衡。自然,如果仅靠内心的道德约束恐怕也不见得能所向披靡无往不利，外在的约束也不可或缺，内外兼顾双管齐下，效果更佳。

要之，以《论语》为学生的修身宝典，以《论语》为孩子的行动指南，再以"扬弃"的视域观照《论语》，合理吸收，定会净化心灵规范言行。当代教育如果流放了《论语》，正如守着宝山却空手而归，岂不悲哉？

知其不可而为之

"知其不可而为之"似乎是孔子的专利，而且下此断语的竟是一个完全不相干的人——石门监者，既不相识，更不相知，甚至无缘一见，然而就是这样一位陌生人，偏能一语中的，一下子就能抓住孔子的主要特点。看来，此君眼光不俗，应是孔子的追随者吧，不，也许该是心心相印的知己才对。

何为"知其不可而为之"？满心道德关爱，满腹济世情怀，虽遇坎坷而不改初衷，虽知虎山而不惧其险；明知渡河之难，亦勇往直前，未敢稍有踌躇，明知前途多舛，亦步伐坚定，不肯须臾犹豫。

"三桓"把持权柄，国君有名无实，而且这种现实非一日之功形成，谁能奈何？谁能改变？孔子挺身而出，勇堕三都，其实，他在下定决心的时候，比任何人都清楚此举的难度系数之大。有困难就要退缩吗？孔子毅然向前迈动了脚步，他的胸膛岩石般挺起。虽然结果早已注定，但孔子"知其不可而为之"的勇气和能力足以震慑三桓，倾动朝野。

以韩非子的说法："上古竞于道德，中世逐于智谋，当今争于气力"，孔子的时代应是放逐道德、智谋和气力争唱主角的时代，这样的世道注定是礼崩乐坏纲纪无存的。然而，在汹汹的世道面前，在利益至上的价值观面前，孔子坚信"克己复礼"，让已逝的西周往事化作烈烈长风，劲吹着儒家"仁义礼智信"的旗帜。此前，孔子对世道人心没有深入地思考过吗？他不知道自己的主张将成为一句迂腐而奢侈的宣言吗？他当然知道，他这么做，是在以一己之力挑战整个时代。失败的结局没有任何悬念，但他决不妥协。剑，还是闪耀着森然之光出鞘了，那缕剑光是整个时代最夺目的光芒。

在鲁国被排斥，在卫国受冷落，甚至畏于匡，绝粮于陈蔡，孔子前进的脚步一再受阻，但他脸上没有后悔，更没有绝望，他自信的目光如炬，带着仆仆风尘，穿越万水千山，穿越重重困窘与危机。他毫不夸张地说："苟有用我者，期月而已可也，三年有成。"可是自信归自信，却又流露出多少壮志难酬的寂寞与无奈呢？难怪他也会偶发牢骚："道不行，乘桴浮于海。"似有"摇首出红尘""散发弄扁舟"之怨，但忧郁一泻，块垒尽吐，他又元气饱满，收拾好心情，又踏上了艰难曲折的求索之路。即使道不得行，即使命途多艰，他也要将坚守的道路延续下去，"生活在别处"，在梦中的舞台上扮演好自己的角色。所以，他宁折不弯，绝不肯做"识时务"的俊杰或"能屈能伸"的大丈夫。身处困境而弦歌不绝，子路怀疑他修为不足，子贡请他降低标准，唯颜回盛赞他"不容然后见君子"。是的，从来都是"方正之不容也"，从来都是"木秀于林，风必摧之"，孔子何错之有？世道不见容，夫子反倒愈发显得高古卓绝。

其实，困难不独来自世道，更来自人心。周游列国14年，孔子遭遇过穷兵黩武的国君，踫到过嫉贤妒能的权臣，也多次邂逅过高蹈避世的隐士。这些隐士亦胸有雄兵目光炯炯，他们洞察了冷酷黑暗的现实，碰触了软硬不同的钉子，于是萌生隐退之意，宁可终老林泉，绝不愿做徒劳的挣扎。当年万丈的豪情，此时收缩为"方宅十余亩，草屋八九间"；曾经大济苍生的宏愿，此刻化成了眼不见为净的无奈。将倾的大厦，倒悬的民生，这时均随心潮退落，早已不在视域之内。所以他们固执地认为孔子的选择不明智，与其处处踫壁，不如退守田园，何必鼓动唇舌，劳心费神哉？孔子对他们或明或暗的劝阻并非无动于衷，只是"道不同，不相为谋"而已，"世事我曾抗争，成败不必在我"，仅抗争几下就俯首称臣，与懦夫何异？生命不息，奋斗不止，所以孔子说："天下有道，丘不与易也"，正因为天下无道，所以我才要勉力而为，倘大家都裹足不前，天下何时才有希望？涂炭的生灵何时才能停止痛苦的呻吟？

基督教宣称"我不下地狱谁下地狱"，孔子也怀抱着"知其不可而为之"的利器，虽累累如丧家狗，双脚却始终稳稳地站立于大地之上，毅然肩起知识分子应尽的那份责任，勇做时代的良心。

孔子以降，历代正直的知识分子都是有点傻气的（这傻气大约与世俗的书生气是同义词），他们都拒绝媚俗，绝不肯做随意改变个性曲意逢迎的败类，唯以"知其不可而为之"与世道周旋到底，方显读书人的硬骨头，屈原如是，太史公如是，鲁迅、傅雷亦如是。如今，太傻的知识分子则未之闻也，大概的确风流而云散了吧。

说还是不说，这是个问题

臧克家在《闻一多先生的说和做》一文中有一句精彩的论断：有的人做了不说，有的人说了不做。的确，"语言的巨人，行动的侏儒"，古今中外比比皆是，言与行的关系自然也就成了所有先哲思考的重点。古希腊斯多噶派哲学家强调"上帝给了你两只耳朵和一张嘴巴，就是让你少说多听的"。可见，喜欢多说话的人历来为人不齿。所以古人强调"言必信，行必果"。《论语》虽仅万言，而对说话问题的论述却多达数十次。孔夫子的一个基本观点：少说话，尤其要少说漂亮话。他有一个基本标准："君子敏于事而讷于言。"

孔子为什么对多说话如此深恶痛绝呢？他甚至正色直斥："巧言令色，鲜矣仁。"这当然是因为多说无益，不仅祸从口出，而且说话的欲望太强烈了，脚踏实地做事的想法就会减少；嘴巴过于发达，手的创造性势必被削弱。只要忠心耿耿做事，不需巧舌如簧。翻开世界上那些成功者书写的历史，我们不难发现，事业的巅峰只有靠艰难的攀登才能到达，要想"一览众山小"，只有"会当临绝顶"。可在我们中国又有一句谚语："好胳膊好腿，比不上一张好嘴。"在说和做之间明显存在着悖论，何去何从？我们不妨认真倾听两千多年前孔夫子的声音。

孔子看问题非常通透，他一针见血地指出多说话首先说明个人修为浅薄。他说："言未及之而言谓之躁。"正是这种无知的浅薄和浮躁才让嘴巴上少了一个开关按钮，管不住嘴巴实质上管理不好自己的心灵。他尤其痛恨那种找种种借口为自己错误辩解的人，所以他的学生子夏承袭了夫子的思想，说："小人之过也必文。"为自己的错误穿上美丽外衣的人，从来都是既不敢直面惨淡人生的懦夫，又是誓死不肯改过自新的又臭又硬的顽石。

其次，孔子高瞻远瞩地看破多说话者往往会言行分离。"其言之不怍，则为之也难。"那些大言不惭善于吹牛者正是货真价实的言不由衷者。所以他崇尚古代先贤的做法："古者言之不出，耻躬之不逮也。"大丈夫一言九鼎，一口吐沫一颗钉。如果说得比唱得好听，做起事来却虎头蛇尾，怎能取信于人？因此他强调："君子耻其言而过其行。"唯有言行一致，方算得有能力又有操守的君子，才有君子风范。所以在子张请教如何行事时，夫子毫不犹豫地告诉他："言忠信，行笃敬。"态度严整，恪尽职守，做好本职工作，即使非得要为自己的行为说点什么，也一定不能信口雌黄，有一说一，来不得半点虚假。

孔夫子的伟大更在于他清晰地看到了多说话害人害己。"巧言乱德"，我们似乎还能听到孔子对那些花言巧语的呵斥。"巧言"害己自不待言，其实，在中外历史上，以言祸国者更不在少数，舌头和口水应是中国最古老的暗器之一，杀人于无形，并且屡见奇功。反间计就必须依赖于铁嘴钢牙，鼓动三寸不烂之舌，挑拨离间搬弄是非，离间君臣朋友，甚至夫妻，使之反目成仇，自毁长城之后，也就濒临国破家亡的窘境了。所以夫子旗帜鲜明地指出："恶紫之夺朱也，恶郑声之乱雅乐也，恶利口之覆家邦者。"最后一句可谓醍醐灌顶，足以令天下所有耳朵根子发软，爱听甜言蜜语者闻之色变，引以为戒。

孔子有一天曾满脸沧桑说："我不打算说太多话了。"子贡就很纳闷："您如果不说话，那么我们怎么办呢？"夫子说："你可听到上天说过什么吗？它根本无需饶舌，四季更替，万物生长都能按部就班地进行，它用得着说什么吗？"（子曰："予欲无言。"子贡曰："子如不言，则小子何述焉？"子曰："天何言哉？四时行焉，万物生焉，天何言哉？"）我想这不仅是饱经世事之后的疲惫与无奈之语，更折射出一位大智慧者无比自信的非凡气度和博大胸襟。苍天无语，然而它却把任何事都做得充分而且恰到好处。与之相比，人是不是很多时候显得太多嘴了呢？难怪莎士比亚不无辛辣地嘲弄人类："除了充满了声音和狂热，里面空无一物。"

其实，孔子虽则反对多说，但他绝不是一个虚无主义者，他只不过看不起那些银样镴枪头的"嘴把式"而已。他以实际行动为后人提供了一个如何说的范例。《论语·乡党》中写道："孔子于乡党，恂恂如也，似不能言者。其在宗庙朝廷，便便言，唯谨尔。"在家乡父老面前，他绝不夸夸其谈，多听少说，根本不会担心别人把他当哑巴，但面对国家大事，他绝不会恪守"沉默是金"的明哲保身原则，当说必说，尽吐胸中块垒，却又不会舌绽莲花，极尽夸张之能事，只说他应当说的，不溢美也决不含混。

这就叫作说而有度。

　　现实生活中有些伶牙俐齿者拍马屁拍到马蹄上的事例数不胜数，因言获罪。也有些人不忍见朋友站在罪恶的深渊边缘，于是苦口婆心良言相劝，甚或声色俱厉，结果反而招致大祸。鉴于此，孔子提醒我们："忠告而善道之，不可则止，毋自辱焉。"他提倡"可与言则与之言"，否则自讨没趣后，又能迁怒于谁呢？对于说话，更重要的一条标准是言行一致，千万不可废行而立言。说到做到，用自己的实际行动来证明自己，远比单纯用语言来夸饰更加高明。

　　"相视一笑，莫逆于心"，此时任何话语都是多余的，正所谓"此时无声胜有声"。其实不只是孔子，中国传统文化的一个突出特点是儒道互补，因此，对于说与不说的界定，道家也力主"大道不言""信言不美，美言不信"。墨家亦谆谆教导我们："君子如钟，弗击不鸣。"当说必说，说而有度，说本于诚，言出必行，这才是说与不说的界限与分野。因为君子的力量源自行动，源自勇于担当，而绝不是源于一张利口。

最早的边塞诗

现在的流行音乐主题丰富,手法细腻,咏叹爱情,歌颂亲情,抒写梦想,再现往事……唯独保家卫国的旋律稀少。《战士的歌》《小白杨》《十五的月亮》《血染的风采》等嘹亮的军歌,哪一首不是风靡大江南北?那逸兴遄飞雄壮勇武的曲调曾让多少热血男儿血脉偾张,"宁为百夫长,胜作一书生"的雄心壮志更是源远流长。反观今日流行歌曲,都是软绵绵甜腻腻的,而高亢激昂的黄钟大吕之音竟被放逐冷落。这样阴柔的美学价值取向似乎与当下国人的胸襟气度视界大有关系。

其实,边塞诗自古有之,《诗经》以降,任何一个时代的流行音乐都缺少不了悲壮雄浑的军歌。《小雅·采薇》应算是较早的边塞诗了。

作品分为三大板块。第一部分是前三节,以重章迭唱的形式再现了军营生活之艰苦,他们从野菜刚发出嫩芽就开始采掇,生活境况确实恶劣,这自然令将士们倍加思念家乡,可是有家不能归,只能任那一缕乡愁如毒蛇一般缠绕着心灵。这一部分虽有苦涩的牢骚,但"哀而不伤",对侵略者的痛恨,对家国的热爱,均奔流于字里行间。四五两节是为第二部分。先是以盛开的海棠花起兴,感情热烈,引出要礼赞的将军,但见他高大雄伟,威风凛凛,端坐于战车之上,身着白色盔甲,在猎猎的长风中,在湛湛的碧空下,宛然一尊战神。在他的统领下,"一月三捷"。战士们亦披坚执锐,训练有素,使来犯之敌四面楚歌,为后文中写归乡埋下了伏笔。最后一节为第三部分——也是最令人玩赏不足击节赞叹的一部分。赶走了侵略者,夺回了铁蹄践踏下的土地,士兵们便可以回到他们魂牵梦绕的故乡了。可归乡的路竟是那么漫长,先是天公不作美,"雨雪霏霏",道路泥泞不堪,而后物质上的温饱、内心的伤悲苦闷等问题接踵而至。按理说"将军百战死,壮士十年归"该是一件高兴事,终于可以回到阔别许久的家乡,见到思念已久的亲人。可那位远古的诗人偏要以恶劣的环境和艰苦的条件考验这位老兵。尤为令人惊奇的是诗人居然将时空交错,将今日之归乡与昔时之离乡放在一架天平上。对比愈发鲜明,纠缠于心轮的那缕乡愁便愈发动人心旌了。这正如王夫之在《姜斋诗话》中所论"以乐景写哀，以哀景写乐，一倍增其哀乐"。

全诗前两部分可视为老兵在还乡途中对长期征战生活的回忆，虽有忧伤，虽有哀乐，但弘扬的主旋律无疑是保家卫国的责任感、神圣感和自豪感。

《诗经》中还有两首边塞诗。一是《秦风·无衣》，犹如秦国的国歌，我们似能看到秦军将士同仇敌忾团结御敌的宏阔场面，听到上干云霄声震天地的嘹亮军歌。与《采薇》相比，两首诗中都有金戈铁马之音，都有将士们枕戈待旦誓死打击敌人的飒爽英姿，都有勇于担当家国事，慷慨赴国难的情怀。所不同者，一为集体合唱，气势更加雄浑；一为个人独唱，感情更加悲凉。前者更注重强调克服困难一致对外的集体意识，后者则更侧重在小家与大家的取舍中突现个体的爱国情怀。前者风格简约，雄壮激昂；后者细腻独特，慷慨悲凉。

与这两首边塞诗相比，《邶风·击鼓》则显得另类而且颓废些，更加儿女情长。也难怪，邶地原属卫，而据《汉书·地理志》载："卫地有桑间之阻，男女亦亟聚会，声色生焉，故俗称郑卫之音。"所以郑风、卫风、邶风中歌颂爱情的诗篇既繁多又热辣。这首《击鼓》虽为战争题材，但也难免染上香艳之风。你看，男主人公甚至有为个人幸福而抛却国家危难之嫌，不仅牢骚满腹，而且还时刻不忘家中娇妻，生怕两人阴阳阻隔，故而深情地吟唱着"死生契阔，与子成悦。执子之手，与子偕老"。此君应是一位合格的丈夫，却绝非一个合格的战士。因此这首诗虽名曰边塞诗，实则少了铁血少了雄壮，而多了私心多了柔情。

当然，边塞诗也可以风格多变，倘只用一个调门唱到底，岂不乏味？所以我们说，《击鼓》一诗摇曳的是另一番情味，它的美同样不可或缺。

边塞诗发展至大唐，风格更加异彩纷呈，有高歌猛进，有豪气冲天，亦有深情惜别、深闺柔情，甚或有鞭挞批判者，不一而足，可谓蔚为大观。但参天巨树再枝繁叶茂，也须深深地根植于大地。《诗经》不正是这样一片广袤的大地吗？

忧郁的歌者

　　长，可以指时间阻隔之久，亦可指空间距离之远。但无论哪一种情况，对相思成灾的人而言，都不啻是一种煎熬，一种折磨，更是一种考验。相思的主角可以是一位温婉的女子，她妆楼颙望，时则独对河畔青青草漫思远道，时则千帆过尽抛泪断肠，时则孤枕难眠半夜凉初透。毕竟是一寸相思一寸灰，温情在慢慢冷却，烈焰将渐成灰烬。

　　当然，主人公也可置换成男性。"多情未必不丈夫，无情未必真豪杰。"不要以为天下男子心里装的都是功名利禄，不要以为他们只知权柄在握万人侧目，其中自然不乏柔情似水的七尺男儿，他们内心深处的潮水时刻在起伏涨落，但为了男权社会里的那份责任，为了实现"朝为田舍郎，暮登天子堂"的夙愿，为了立德立功立言，以求不朽万世流芳，被迫抛家别舍，远走他乡。然而在陌生的异乡他地，在寂寞的夜阑时分，孤独的心与一缕乡愁陡然狭路相逢：白发双亲、娇妻幼儿、亲朋故友……他们的音容笑貌在记忆深处闪动，心灵中最柔软的那一部分自然会隐隐作痛。这些多情男儿是剑胆琴心铁血柔情铸就的一道风景线，在中国文化的百花园里闪耀着永恒的光辉。

　　纳兰容若可谓其班头——我宁可叫他"容若"，一尘不染，神仙一样的名字，轻轻呼唤着这个名字，空谷幽兰的暗香仿佛就悄然弥散开来；"性德"则如深秋之荷，枯黄折皱的叶片上满积着岁月的风尘沧桑，不堪多看一眼。康熙二十一年，28岁的容若以二等侍卫的身份陪天子巡狩山海关（即榆关）一带，在一个风狂雪猛之夜，相思突然袭上心头，那挥之不去浓得化不开的情愫催促他挥笔写下这首《长相思》："山一程，水一程，身向榆关那畔行。夜深千帐灯。风一更，雪一更，聒碎乡心梦不成。故园无此声。"

　　吟诵着这首简约精致的小令，我不禁心驰神往，神游于广袤的东北平原。一场雪借朔风之势，以大写意的手法泼洒开来，向视野最遥远处蔓延。容若枯坐帐中，无以消夜永，蹑足出帐，一任风吼雪嘶，肆意撕扯着他颀长瘦削的身影,只是长久伫立,目光痴痴地朝着家的方向——他几乎成了一座相思的冰雕。

掩卷之余,不禁心生浩叹:仅仅36字,字字平白简易,小学生都不会感到深奥艰涩,容若竟安排得如此熨帖——用最朴素的文字传递最丰厚的意蕴,从来都是大家风范,唯有他们方能举重若轻。36字中,有自然的山水风雪,有内心的缠绵情愫;有入耳的天籁之音,有记忆中的故园之声;有空间距离的绵延,有心理时间的难挨;有职责所在的无奈,有一步一回首的依恋……而且这种病入膏肓的相思(当然也包括乡愁)从容若的笔端流淌的是如此高雅简约委婉,不显山不露水,只在"乡心""故园"二词中潜滋暗长,可谓曲尽其妙。将士戍守边关,乡愁泛滥,在古诗词中亦常有反映,比如"一夜征人尽望乡",惜乎表达得直露了些,远没有"夜深千帐灯"来得更富有暗示性(直白浅露从来都是一流艺术品的天敌)。王观堂曾将此句与"明月照积雪""澄江静如练""落日大旗中""大漠落日圆"等名句并誉为"此等境界可谓千古奇观",但观堂似只见其雄浑之美,却忽视了其丰富的潜台词。"千帐灯"固然场面宏阔,但与"夜深"组合当又有一番难以言说的滋味。风雪交加之夜,冰天雪地之时,唯有被窝最温暖,唯有梦乡最甜美,何以营帐之内灯火通明?恐怕饱受相思折磨的不是一两个人吧。容若所表达的也绝不仅是他私人化的情绪,人类共通的情感被他那善感的心灵捕获,而后再由他那生花的天才之笔表达出来。这样,下阕中的"聒碎乡心梦不成"才有着落,"故园无此声"的感叹才不致落空。如此理解,当不会唐突了容若吧。关于诗词创作,容若曾有言曰:"须有才,乃能挥拓;有学,乃不致虚薄杜撰。"这首小令所展示的容若之才学当可见一斑。

而且,每读至"聒碎乡心梦不成,故园无此声"句时,我的一段记忆也被激活。那是在七八年前,我初别北中原,来到人地两疏的南方,迥异的风土人情,阴冷潮湿的天气,不知所云的方言,一次次将我推向相思的崖畔。那一夜风也萧萧,雨也萧萧,在窗口枕边徘徊,久之不去,零零碎碎的梦里总是回荡着老家的铁门在风中摇响的声音,妻子的容颜幼儿的低唤也淡入淡出。这段记忆与这句诗砰然对接之后,我的心灵产生了更加强烈的共鸣和认同感,感觉倍加真实亲切。

容若还有一首《于中好》可以视为《长相思》的续集和姊妹篇(只

是我的一厢情愿)："别绪如丝睡不成，那堪孤枕梦边城。因听紫塞三更雨，却忆红楼半夜灯。书郑重，恨分明。无将愁味酿多情。起来呵手封题处，偏到鸳鸯两字冰。"一样的细腻柔软，一样地自然真切。容若词大抵如斯，虽则题材偏狭些，情调黯淡些，但在恰当的境遇中，自会唤醒更多敏感的心灵。

从容若词中，我们分明感到他的脆弱和忧郁，轻柔和细密。按理说，身为权相纳兰明珠的嫡长子，身为深受恩宠的皇帝侍卫，他应该在权力与繁华之间"春风得意马蹄疾"的，可他偏偏超出人们的想象。许是天性如此，许是诗书濡染，总之，容若"身在高门广厦，常有山泽鱼鸟之思"，所以他虽以武职终其一生，却到底是书生本色，时时坦现出儒雅多情的生命底色。

这样常被相思苦苦缠绕的男儿终究是柔弱的，甚而是短命的。西塞罗说"所有的天才都是忧郁的"，纳兰容若正是这样一位忧郁的歌者，他短暂的一生如流星匆匆划过天际，但发散出的诗意之光却点亮了无数眼眸。对自己的早夭，容若似有所感，他写下的这个句子竟一语成谶："失意每多如意少，终古几人称如意？须知道，福因才折。"

高手的境界

《庖丁解牛》实在是励志的好读本，庖丁也理应成为青少年追慕的偶像。一个市进鼓刀者，地位卑下，当属下九流，很多人也许会不齿。其实，只要我们认真分析，便发现庖丁确乎是一个通过个人努力最终成功登上顶峰的好样板。从他那里，我们能汲取到许多成功者必备的营养元素。

一、超乎技艺的追求高度。庖丁说："臣之所好者道也，进乎技矣。"这话好像不着调，一个厨师，做好本职工作即可，他却要追求"道"，太不务正业了吧。不然，一般人只重技术，"艺不压身"，但这种技艺仅能活命而已，唯有庖丁这样的高手才勇于超越技术，或者毋宁说，正是这种凌驾于技艺之上的"道"，才引领着庖丁向更高的境界飞升。唯技术论者不顾自然规律的约束，忽略自身道德素质的作用，故而所成必小。齐白石之所以能从众多木匠中脱颖而出，华罗庚之所以能由普通售货员成为数学大师，奥秘都在于他们心中有更高的追求，倘一味拘泥于眼前，人类文明何以前进？如今有些企业家高瞻远瞩地提出"做企业先做人"的理念，又何尝不是庖丁的现代版呢？"见山只是山，见水只是水"终究是低级的境界。

二、爱岗敬业的工匠精神。庖丁在他卑微的行业里二十年如一日，不朝秦暮楚，不三心二意。倘使他见异思迁频繁跳槽或是职业倦怠敷衍了事，如何能将技术升华而至艺术？其对待工作的态度可圈可点。先贤曰："板凳甘坐十年冷，文章不写一句空"，没有甘坐冷板凳的功夫，文章何时才能充实丰富？数学大家吴文俊先生提出"一生只做一件事"的观点与庖丁的思想可谓是一脉相承。唯有"干一行爱一行"，才能扎根于一个行当熟能生巧；唯有"爱一行专一行"，才能破译行业密码，成功冲顶。

三、精于思考。庖丁夫子自道："始臣之解牛时，所见无非牛者。三年之后，未尝见全牛也。方今之时，臣以神遇而不以目视，官知止而神欲行。""始""三年之后""方今之时"三个阶段的工作经历和经验被他总结提纯得简明深刻，这一点绝非庸碌者所能为，因为更多人只知跟着感觉走，从来不愿认真梳理融合。帕斯卡尔说："人是会思考的芦苇""人的全部尊严正在于思想"。惜乎如此黄钟大吕之音并未将更多冥顽的心灵唤醒。庖丁深知思想的威力之巨,所以他善于分析比较总结,将体力活当成个人的专场演出。

四、面对矛盾,要讲究方法策略。矛盾普遍存在,如何解决?有人硬碰硬,有人耍太极;有人明里一团火内心一把刀,有人嘴上喊哥哥背后掏家伙。庖丁则是化解矛盾的高手。"族庖月更刀,折也。良庖岁更刀,割也。今臣之刀十九年矣,若新发于硎。""人比人得死,货比货得扔。"普通厨师的刀一个月就要更换,因为他总爱狂劈猛剁,不论多大多硬的骨头,只知一味拼勇斗狠,遇佛杀佛,有何智慧可言?庖丁一把刀历经二十年,解牛无数,却仍像刚在磨刀石上磨过。因为他知道哪里筋骨密集哪里脉络丛生,他的刀总能成功地绕开障碍,既不割折也不劈砍。这把刀如诡异的灵蛇,准确地穿行于骨于肉之间,成功地使之分离。两种做法虽则貌似殊途同归,但效果却实有天渊之别,水平高下自然判若云泥。

五、注重细节。天下之事必做于细,细节不仅决定成败,亦能体现一个人的境界。庖丁成功解牛之后,踌躇满志之余,不忘记他的刀。"缮刀而藏之",这里有两个细节:一是"缮"——仔细地擦拭,一是"藏"——郑重地珍藏。这两个细节绝不是一般厨师能做得到的,唯有那些已窥化境已臻天道的高手,才会如此爱惜自己的工具,正如高雅的读书人爱书成癖一样。乒乓球高手过招时会不停地擦拭球台和球拍,大约也是这个道理。小学生打乒乓球几曾有过这样近乎烦琐的细节?在庖丁心目中,刀早已成了他身体的一部分,人刀合一,他才会对刀如此珍爱,这个细节足以证明庖丁本领绝非常人可比拟。一个人朝思暮想成功,却不肯俯身就细,那么他离高手的距离还很遥远。所以"一屋不扫何以扫天下"的论断能让轻视细节者醍醐灌顶。

高手高在哪里,深入体味《庖丁解牛》,你自会得出明确的答案。虽然高手的成功也是时间的结晶,但二十年又能孕育几个神乎其技的庖丁呢?漫漫二十年里,庖丁何尝停止过探索的脚步?一言以蔽之,一个人成功的意义不在结果,而在于过程。

比永远更远的遗憾

唐玄宗与杨贵妃的爱情传奇是文学史上永不褪色的题材，论者或批评，或婉讽，或浩叹，其中指责杨妃的诗文当不在少数。自古"红颜多祸水"。"北方有佳人，一笑倾人城，再笑倾人国"的歌谣更是唱出了绝代美色实为败国亡家的罪魁祸首之事实。而且我们还可以开列出一长串名单：妲己、骊姬、花蕊夫人、张丽华……杨妃在漫长的"红颜祸水"史上不是第一个，更不是最后一个。这一个个天生尤物"掩袖工谗，狐媚偏能惑主"，正是她们才搅乱天下政局，淆乱后庭宫闱。即使贵为皇帝，亦难把持自律。倘无她们以色相诱，好端端的皇帝如何会"爱美人不爱江山"？男权话语者定然如是说，因此对她们恶语相加污水横泼。

白居易不。在男权社会中，他成功地突出重围，在他的《长恨歌》里对杨妃赞赏有加，颔首击节。

在他的价值体系中，杨妃被还原成一个忠贞不渝地守望爱情的普通女子。在马嵬驿，"六军不发无奈何"之际，"君王掩面救不得"之时，她却以柔弱的双肩扛起了所有的罪与罚。我悬揣杨妃在白绫系颈时，恐惧的潮水一定汹涌而起，然而她又深知，昨天还"三千宠爱在一身"的三郎此时定然无能为力，此情此景，她还有别的路可走吗？死，是唯一的选择。于是她收起如蚁泪水，心情趋向平静，将自己的花钿、翠翘、金雀、玉搔头一一坦然取下，而后举身赴死——毕竟"女为悦己者容"，阴阳两相隔之后，再如何精心装扮又能点亮哪一双眼眸呢？三丈白绫就这样在刹那之间丈量完杨妃的青春和爱情。

她死时有怨吗？有悔吗？乐天不愿坦言，他只用中国古诗的传统技巧——虚实相生的手法艺术地暗示。死后魂归蓬莱仙山的杨妃独守寂寞时，无数次咀嚼品咂与三郎共度的每一寸时光每一个细节，回忆不足，她还要飞身云端，"回头下望人寰处，不见长安见尘雾"，每一次她都满怀希望，然而每一次她都是失望而归。那恼人的尘雾总是阻隔着两界情缘。我们可以想象，无数次失望之后的杨玉环该多么心灰意冷呀——譬如一盆火,曾经那么热烈地燃烧过,而如今,剩下的只是一堆比心还冷的灰烬。因此她备感"蓬莱宫中日月长",那比相思还要绵长的岁月,何时才能挨到尽头呢?

所以当"闻道汉家天子使"到来时,她欣喜若狂。"九华帐里梦魂惊"写出的实则是彼时她心蓄惊喜,以至"云鬟半偏新睡觉,花冠不整下堂来",以至喜极而泣,"玉容寂寞泪阑干"——那积存许久的泪终于找到了突破口,可以放肆地流淌了。接下来的杨玉环似乎被这个意外的惊喜冲昏了头脑,手脚忙乱,又是喟然长叹,"一别音容两渺茫",又是忙不迭地翻箱倒柜,"惟将是物寄深情",又是急于诉说苦涩的相思之情,"临别殷勤重寄词"。你看,此时的玉环哪里还像一个高高在上的贵妃娘娘呢?分明是一个被相思折磨饱受煎熬的小女子,马嵬坡前的怨怼和悔恨全然都抛之脑后,一心记挂的唯有她的三郎。

这让人想起了那个对天盟誓的汉末女子:"上邪,我欲与君相知,长命无绝衰。山无棱,江水为竭,冬雷阵阵,夏雨雪,天地合,乃敢与君绝。"与之相比,玉环虽不及其刚烈决绝,但对爱情的执着同样是化百炼钢为绕指柔。还有刘兰芝,她说:"君当做磐石,妾当做蒲苇。蒲苇韧如丝,磐石无转移。"玉环也丝毫不差,与她们比肩而立,成为封建社会有数的几株灿然盛开爱情花的树。

此一节宛然神来之笔,以浪漫主义的手法浓墨重彩地为读者描绘了一个身陷相思坚守爱情的女子形象,将高居神坛的贵妃还原为一个飞蛾扑火般为爱情誓不回头的有血有肉的普通女人——真的,玉环在这条路上已走得太远,远到令现代人唯有望其项背长长感叹的程度。诚如人言:"虽不能至,心向往之。"可我们只是徒然的向往,谁又能达到那种境界呢?

其实这节虚写从叙事的层面上讲,似乎是赘笔。杨妃香消玉殒之后,留下玄宗长久思念,故事情节便已走到了末路。但倘如此,杨妃的形象岂不单薄苍白?于是乎乐天驭如椽巨笔,旁逸斜出,却于"当止处"凭空横生一枝。正是这一节才最为光彩夺目,最值得涵泳深味。因为它冲破了封建社会男权话语的约束,为中国古代作为弱势群体的女性赢得了掌声和尊严。这超出世俗观念,凌越传统思想的一节,正好构成了他人难以企及的高度。即使是新时期的舒婷,在《致橡树》里讴歌的誓要以树的形象与橡树站在一起的"木棉",又何尝不能理解为杨妃精魂化生的呢?

129

只可惜，玉环苦心追求的爱情终究是只开花不结果的，所以在她的心上留下了长久的痛，留下了比永远还要遥远的遗憾："天长地久有时尽，此恨绵绵无绝期。"

再说另一个主角唐玄宗。再次读完全诗后，我忍俊不禁。乐天落笔之初显然面色凝重，下定决心要好好讽刺一下这位君临天下的天子。"汉皇重色思倾国，御宇多年求不得"，讽刺之意溢于言表。"重色"已是天子之错，背上这个恶谥的哪个皇帝不被钉在耻辱柱上？然而这还算是男儿本色，"多年求不得"却已是误尽天下苍生了，做皇帝原来纯乎是为了满足个人私欲，完全是不履行职责的不合格帝王。一旦美人在侧，他的表现更是荒唐离谱，"从此君王不早朝"，索性班都不愿上了。而且还违背后宫制度，居然"三千宠爱在一身"，"后宫佳丽三千人"岂不都要咬牙切齿么？至于后来爱屋及乌，"姊妹兄弟皆列土"定然会引来外臣不满。杨家仅凭一个美女，竟然人人都能安享爵位。唐朝立国以来，选拔文臣武将就以科举和军功为标准，既无优异的科举成绩，又无卓著军功，杨家人凭什么高爵显位？大臣们敢怒而不敢言。

这一层言辞辛辣犀利，乐天的痛斥之意跃然纸上，也为"渔阳鼙鼓动地来"暗中铺垫。但越往下，乐天的笔越变得温情脉脉了。陈玄礼代表将士请诛杨氏，而"君王掩面救不得"。好一个"掩面"，写尽了玄宗的无奈与痛苦。但真的是眼不见心不烦吗？虽则"掩面"，但耳中仿佛传来杨妃凄怆的惨叫，心里早已浮现出杨妃的死状。"救不得"也将让玄宗终生内疚自责。此句寄寓的同情尤令读者动容。

我想，下笔之初，白居易为玄宗的定位应是荒淫无度面目可憎的昏君形象，但当他的心灵越来越贴近人物之后，他似乎能清晰地感受到玄宗的可怜可叹，笔触自然由尖刻变得温婉。即使位高权重如玄宗者，亦不能在关键时刻拯救自己心爱的女人，这皇帝还有何趣味？所以不仅白居易，就连晚唐李商隐也以悲悯的笔调写道："如何四纪为天子，不及卢家有莫愁。"原来幸福的指数与权势和地位竟然毫不相干。

接下来，白居易的语言愈发柔软细腻了，因为玄宗在他眼里，虽算不得爱岗敬业的好皇帝，却绝非始乱终弃的轻薄男儿，他痴心忠诚地站在现实冷酷的崖壁上，深情款款地回望着那段销魂的岁月，怀念那个叫杨玉环的女子。在成都，他"见月伤心"，"夜雨闻铃"而肠断；重返马嵬则

"踯躅不去""相顾沾衣"。此时,杨妃魂归离恨天的情景历历在目。如同经年的伤疤,虽暂时平复,但忽然又被无情地揭开,露出的是疼痛,流出的是血泪。噩梦仍在延续。回到长安,触目所见,无论花草树木,无论亭台楼阁,何处不闪现着杨妃的身影,何处不勾起甜蜜的回忆?风物宛在,斯人已逝。"芙蓉如面柳如眉,对此如何不泪垂",物是人非之痛竟是如此刻骨铭心。于是他"思悄然""未成眠",于是长夜漫漫,盼不到天明,于是"翡翠衾寒",孤枕难眠。冷的,是瓦上霜重,更是那颗曾经炽热的心。乐天行笔至此,会不会一掬清泪呢?

　　本打算一本正经地批判,谁曾想到后来竟充满了悲悯关怀,这样的结果,想来乐天自己也始料不及吧。笔随情动,人力竟不能左右人性,这样自然导致一个美丽的错误。然而正是这错误,才把玄宗铸造成了"痴情汉"的好样板,才让一首《长恨歌》万古流芳。其实,芸芸众生早已看厌了帝王家谱和忠臣谏言,真正让人铭记的也许正是那段惊天地泣鬼神,比永远更为遥远的爱情悲歌。

射向暗夜的响箭

适逢端午节，汨罗江上该又是锣鼓喧天龙舟竞渡吧。可是龙舟真的能挽救屈子那渐渐下沉的身躯吗？其实，对于一个决绝而从容的蹈死者而言，任何形式的挽救都显得如此多余。

说到屈子之死，许多人都大不以为然，认为他完全没有必要如此自戕，既然有超拔的才学和能力，何不委曲求全，非得以这种极端的方式走向生命的尽头吗？"识时务者为俊杰""大丈夫能屈能伸""人在矮檐下，怎能不低头"诸如此类冠冕堂皇的理由可以作借口嘛，这样轻易地交出生命的权利，于己于世有何裨益？

持此论者既有乡愿之嫌疑，又有苟且偷安之奸巧。或者，置言之，这是中国酱缸文化长期浸渍渐染的必然结果。他们眼中只有利益，而对屈子的人性品格漠然视之。《史记》中，太史公深为屈子鸣不平，使其夫子自道："人又谁能以身之察察（洁净貌），受物之汶汶（浑浊）者乎？宁赴常流而葬乎江鱼腹中耳。又安能以皓皓（莹洁的样子）之白，而蒙世之温蠖（尘渣重积的样子）乎？"这才是人的本性！当纯洁被污浊吞噬之时，又有哪一双眼睛有勇气目击整个残酷的过程呢？又有哪一个高贵的灵魂情愿意忍受堕落时刀割般的疼痛呢？须知，纯洁与污浊的矛盾永无调和之日，既然改变不了纯洁被污染的必然结局，不如索性让纯洁毁灭——即使毁灭，也比被异化被腐蚀来得干脆彻底，毕竟纯洁之质没有改变，"质本洁来还洁去"不比抱残守缺屈心抑志更符合人的本性吗？

而且，更重要的是我们要了解那个特定的时代，那是屈原赖以生存的时空。缺乏知人论世的过程，忽略人物所在的坐标，持论自然难免偏颇。我们试图将《离骚》展示的内容做一下解构。先看国君。他是国家社稷的象征，忠君与爱国从来都密不可分。屈原很不幸，他孜孜以尊崇的国君不仅拒绝忠臣的诤谏，而且还不遗余力地加大打击力度，"朝谇（进谏）而夕替（贬斥）"；他荒唐昏庸，将个人的快乐建筑在众生的痛苦之上，"怨灵修（楚王）之浩荡兮，终不察夫民心。"再看社会风气。那是一个小人得志、权奸逞强、人心惟危、是非颠倒的时代。"众女（喻小人）嫉余之蛾眉（喻高尚德行）""固时俗之工巧兮，偭（背弃）规矩而改错（通措）。背绳墨（喻准则）以追曲兮，竞周容（苟合取悦）以为度"，上行下效，"楚王好细腰，宫中多饿死"，正义的阳光被世俗的乌云严密封锁，屈原赖以寄身的楚国完全沦为一间巨大的铁屋子，没有光明，没有温暖，甚至没有清新的空气。

在这样的国度里，屈原注定是一个另类一个异端。你看他外在的形象多么高洁唯美，他以"蕙"为佩带，他"制芰荷以为衣兮，集芙蓉以为裳"，他"芳与泽其杂糅兮，唯昭质（光明的品质）其犹未亏"。这些芳草香花正是他高贵灵魂的外化，屈原就是以这样的形象向那个黑暗的世界宣战。不独如此，他志存高远，决不妥协，誓不调和，他屡屡掷地有声地表明自己"宁为玉碎，不为瓦全""九死其犹未悔""宁溘死以流亡""伏清白以死直""虽体解犹未变"，这一句句气贯长虹的誓言，为读者塑造了一个"富贵不能淫，威武不能屈，贫贱不能移"的铁骨硬汉。

现在我们清晰地看到正邪不两立水火不相容的尖锐冲突，不，我们宁可说这是一场力量严重不均衡的战斗，屈原以一己之力对抗着以国君为首的整个楚国利益集团。这场战斗的结局根本没有任何悬念。屈原的处境必然是这样的：被谣言包围（口水无疑是人类最古老也是最具杀伤力的暗器），忍尤攘诟，穷困潦倒。此时此刻，他还有选择吗？死，是终结痛苦解脱灵魂的唯一方法。

于是屈原毅然决然地将自己脆弱的生命锻成一支利箭，向黑暗的时代做最后一击。然而，他生前也许始料不及的是，他还有一支更加致命的响箭，那就是他以如椽巨笔饱蘸着生命的原色写就的《离骚》。它呼啸着穿透千年时光，穿透见利忘义的人心，穿透价值观念混乱的世俗，穿透变心从俗的人性弱点。无论哪个时代，重读《离骚》者都能真切地感应到它饱满的张力和寒光凛冽的锋芒。

值得一提的是，作为中国历史上第一个独立自由撰稿人，屈原对后世知识分子的影响是如此巨大。可以说历朝历代作为社会良知的知识分子都自觉或不自觉地以屈原为榜样，在人格上，文学上，甚至在时乖运塞的命运走向上，都在复制着屈原。翻开中国文学史，吊悼屈原的诗文浩如烟海，无一不饱含着对屈子命运的嘘唏感叹。其实，这感叹又何尝不是对自己命运的呐喊和对社会时代的批判呢？唐代戴叔伦的《过三闾庙》当为代表："沅湘流不尽，屈子怨何深？日暮秋风起，萧萧枫树林。""流不尽"的仅是屈子之怨吗？"日暮秋风"掀起的只是枫树林里的萧瑟之声吗？从这个角度上讲，屈原那才与命的悖反在一代代知识分子身上重演着，要不，沅水湘江中奔涌的怎会是如许之源远流长的怨与愤呢？余光中先生说"汨罗江是蓝墨水的上游"，可谓是一语双关，饱含着多少难与言说的文化哲理。

有些爱情像中蛊

渴望风一样自由来去，期盼与倾慕的人自由相恋，这应是人类的普遍心理。尤其是青春期的红男绿女，在爱情疯长的季节里，更是不管不顾不计代价。彼得斐在他首有名的诗中似乎只夸大了自由的意义，事实上，怀春的少男少女绝不会以抛弃爱情为代价换取自由，爱情才是他们信奉的唯一宗教——特别是那种想象中没有丝毫阻碍，超越种种限制，挣脱重重枷锁的爱情，他们总会飞蛾扑火般义无反顾。

然而很不幸，这个世界偏是矛盾的：一方千方百计想得到不受拘束的爱情，而另一方则恪守着"父母之命，媒妁之言"的清规戒律。冲突的结果只有两个：或缴械投降，一对薄命鸳鸯终被无情打散；或者成功突围，有情人终成眷属。这两种截然不同的爱情走向在古诗里都有生动的表现，而且南北迥异。南方人（长江为中心）似乎更为内敛沉静，遵守礼法，两情相悦的男女宁可折磨自己煎熬灵魂，也不肯轻易越雷池一步。屈原在《九歌·湘夫人》中就悲怆地吟唱道："沅有芷兮澧有兰，思公子兮不敢言。"纵然思慕，也绝不泄露心中的半缕春光，"思"而"不敢言"应是世界上最痛苦的事了，思念的力量倾泻不出，势必反噬自己，当孤独苍茫的月光轻拂着心灵上的累累伤痕时，情何以堪？无名氏的《越人歌》唱响的仍是这种绝望的悲歌："山有木兮木有枝，心悦君兮君不知。"其实主人公有无穷多的办法或热烈表达或含蓄暗示，何以不知？这需要他或她多么强大的克制力呀。黄河沿岸的青年男女则更加大胆真率。既然两颗心擦出的火花照亮了两双眸子，就不妨直接坦白。《诗经·王风·大车》中的女子就有胆识有气魄："岂不尔思，畏子不奔。谷（意即生）则异室，死则同穴。谓女不信，有如皦日。"竟然敢于怂恿男孩子带自己私奔，而且指着烈日盟誓："生不同房死同穴。"这样泼辣的野丫头倘在南方如此做派，估计会吓倒一片文弱书生。

《卫风·氓》也为后世读者再现了类似一个身中自由爱情之蛊毒的女子。一个采桑缫丝的姑娘，在五月的一天，鲜艳明媚地走过街市，一个憨小伙子便以布换丝为由头，百般搭讪讨好，于是朗润的空气中开始酝酿着一种名曰初恋的气息，于是姑娘昏了头，两三次见面后就被那张朴实的脸迷住，不，确切地说是掉进了一个由甜言蜜语筑就的陷阱，而且她坠落得如此心甘情愿如此彻底，以至于完全忘记了挣扎，小伙子轻而易举抱得美人归。有人说"恋爱中的人智商会大打折扣"，果然，你看她时哭时笑："不见复关，泣涕涟涟；既见复关，载笑载言。"泪水与欢笑的开关完全掌控在傻小子手里——不可救药的中蛊者。

此时，女子的理智如果稍微清醒，应当意识到那小子的反复无常言而无信。本是他自己没有能力搞定婚事，却反怪女子拖延婚期（这已为被弃的命运埋下了伏笔），但涉世未深的女孩子心里塞满的只是爱的承诺和对二人世界的美好期待，于是她付出了自己辛苦积攒的嫁妆以及毕生的幸福，而得到的是什么呢？怨恨与绝望——对命运的怨恨与对婚姻的绝望。

很自然地，她的生活节奏渐渐发生了变化，你恩我爱的情愫渐渐淡漠。因为清贫的生活，更因为昔日青春的容颜上结满了岁月的蛛网。却原来，决绝痴情和辛勤劳作换不来自己想要的幸福。自古以来都是"痴情女子负心汉"，端的没错，貌似忠良的家伙竟然是个花心大萝卜。可惜，到如今方识破他的庐山真面目已经太迟了。

的确，曾经沧海之后，所有的一切真的太迟了。面对他粗暴的拳头，又能躲到哪里？回娘家吗？别忘了哥哥无情的嘲笑。隔着遥遥的千年时光，我们似乎仍清晰地看到她那嫡亲的哥哥嘴角扬起的轻蔑和冷漠。所有通往幸福的道路突然折断，回头看到的却不是岸，依然是汹涌澎湃的无边苦海。

她当年所中的蛊毒全面发作了。粗布的衣裙，蓬乱的头发；满脸的沧桑，满心的伤痛。此时，嘴巴里呢喃着"反是不思，亦已焉哉"有什么用？齿缝里深嵌着悔恨和诅咒有什么用？

我们希望她能挥剑斩情丝，刮骨疗毒，浴火重生，然而这恐怕只能是镜花水月般的奢望了。别忘了鲁迅的著名演讲《娜拉出走以后怎么办》，缺乏经济自主权的娜拉命运尚且堪忧，这位一心绝望两手空空的女子又能如何？

我又想起我的一个堂妹，当年毅然决然地割断养育之恩与那个他私订终生，自由的爱情变成世俗的婚姻之后，生活四面楚歌，几乎就是《氓》

中女主角的再版。对她如今身受的蛊毒，我懒得问，我的脸上写满的也是比冰霜还冷的冷漠：早知如此，何必当初？

说到底，爱情只不过是过程，婚姻才是终极目的，没有爱情的婚姻照样可以天长地久。但曾经惊天地泣鬼神地爱过，却无法将婚姻进行到底的悲剧，古往今来，已上演了多少幕？根本原因还是情窦初开的少男少女容易被爱情下蛊，"于嗟鸠兮，无食桑葚。于嗟女兮，无与士耽"应是良训。

所以朱熹说《氓》旨在"刺淫奔"，良有以也。甚而到有清一季，方玉润在《诗经原始》中仍承袭这一观点："为弃妇而作也，此女始终总为情误。"毕竟"不待父母之命，媒妁之言，钻穴隙相窥，逾墙相从，则父母国人皆贱之"（《孟子·藤文公下》），多一层约束，也许会提升婚姻的安全系数。

当前诗歌的特点及走向

白话诗已走过了近一个世纪。它秉承着古典诗歌的优良传统，又沐浴着欧风美雨，所以虽然资历尚浅，却取得了长足发展，留下了许多脍炙人口的精美诗作，有国际声誉的诗人亦不鲜见。不仅如此，诗歌社团流派林立，风格亦在不停嬗变。

然而，我们又痛心地发现，新诗发展至今，道路似乎越走越窄，读者似乎越来越少，社会效应似乎越来越弱，而且诗歌从业人员似乎也越来越少。但诗坛似乎仍不寂寞，不时会闹出点大大小小的动静，流派之争了，梨花体了，裸体朗诵了，手稿拍卖了……可谓是"乱花渐欲迷人眼"，然而这些纷争喧嚣多属行为艺术，与纯粹的诗歌艺术并无太大关涉。大约诗人们是不甘寂寞的吧，被人遗忘也许并不是诗人们想要的结果，于是在"炒作的年代"，大家都会想尽办法炒作包装。

倘拨开云雾，撇去泡沫，允许我从一个读者的角度来评价当前诗歌的话，我会说：第一，读不懂，先前形成的阅读习惯审美趣味在当前的许多大作面前，完全帮不了我，我一下子变得手足无措，字是认得，但那些字词组合起来以后，意义的指向就非常模糊了。第二，硬着头皮读后，强烈地怀疑不是汉语写的，顶多像是不怎么流畅的外国诗歌的中译本。

究其原因，我认为理由应该如下：

一、宏大主题淡化，私人写作的倾向过于鲜明。白居易说"文章合为时而著，歌诗合为事而作"，写作的社会功能应是现实性和针对性吧，如果远离火热的时代生活，一味躲在象牙塔内"抒写性灵"，而且还期望读者为之拍手叫好，恐怕有点强人所难吧。时下流行"私房菜""私情"更能吸引眼球。是不是这完全私人化的诗作也能占尽风光呢？自然，写作也确是一种个性化的手艺，也绝对允许表达个人的情感，只是如果传达出的情感完全是自己瞬间的心理感受，别人焉能与之共鸣？古代诗人也写个人的独特感受，但"小我"与"大我"互为表里水乳交融。我们今天读艾青的《煤的对话》：

你住在哪里？

我住在万年的深山里
我住在万年的岩石里

你的年纪——

我的年纪比山的更大
比岩石的更大

你从什么时候沉默的？

从恐龙统治了森林的年代
从地壳第一次震动的年代

你已死在过深的怨愤里了么？

死？不，不，我还活着——
请给我以火，给我以火

　　主题何其鲜明，意蕴何其深广！然而这样的诗不时髦了。当前的诗人们竞相表达着与世隔绝的情感，"乃不知有汉，无论魏晋"。

　　二、传统表现手法被逐下神坛。中国诗歌源远流长，积淀下许多优秀表现手法：赋比兴、虚实相生、情景交融、跳脱……这些手法现在几乎被彻底放弃。请看这首某著名诗人的《一条迟写了二十二年的新闻报道》："某省某县，我到过那里。二十二年前/该地男人百分之八十讨生活于地下。/他们乘缆车下矿井，咣咣当当，下到两百米深处，/然后乘翻斗车沿巷道来到掌子面上。/他们黑色的雨靴踏着黑色的积水，头上的矿灯亮向黑暗。/地球内部，这里。滴水的声音。/钢铁机器运转的声音。矿工大声说话的声音。/也许巷道继续掘进，就能挖到灯火通明的阎王殿……"拖沓的文字真的超越了我的忍耐限度，如果这样写，诗歌还配叫作"语言的精华"吗？

　　三、典雅语言的瓦解。

子夜的灯
是一条未穿衣裳的
小河

>   你的信像一尾鱼游来
>
>   读水的温暖
>
>   读你额上动人的鳞片
>
>   读江河如读一面镜
>
>   读镜中你的笑
>
>   如读泡沫

这是洛夫先生的《子夜读信》，短短的几行小诗，具有中国本土文化传统的典雅词语随处可见。

>   当蜘蛛网无情地查封了我的炉台
>
>   当灰烬的余烟叹息着贫困的悲哀
>
>   我依然固执地铺平失望的灰烬
>
>   用美丽的雪花写下：相信未来
>
>   当我的紫葡萄化为深秋的露水
>
>   当我的鲜花依偎在别人的情怀
>
>   我依然固执地用凝霜的枯藤
>
>   在凄凉的大地上写下：相信未来

这是食指的《相信未来》的第一节，典雅的词语密度极大。我就不明白，诗歌应该是高度凝练的语言的精华，没有那些美丽的意象，诗作怎能吸引读者，又怎能给读者以美的享受。

四、抒情进一步退隐。诗言志，归根结底，诗是抒情的艺术，古诗也好，现代诗也好，"文化大革命"之后的诗作也罢，有哪一首传世之作不是以饱满而细腻的感情俘获读者心灵的？也许有些作品将感情雪藏，但绝不是羚羊挂角无迹可寻，或直抒胸臆，或寄情于景，或托物言志，或借古讽今。王国维说"一切景语皆情语"，其实放大来看，又何尝不是"字字皆关情"呢？

你看臧克家先生的《三代》：

>   孩子
>
>   在土里洗澡
>
>   爸爸
>
>   在土里流汗

　　　　爷爷
　　　在土里埋葬

　言简而意赅，高度浓缩了中国农民的命运，诗人只是精选三幅画面，在精干的叙事中饱蕴深情，虽无一句直接抒情，但"不著一字，尽得风流"。

好诗的标准

让我们先来欣赏一首很中国的诗吧：

怡园茶话

（台湾）林绍梅

窗前对坐品茗
依稀听到
两岸啼不住的
猿声

台湾的茶
故乡的茶壶
倒出来的都是
一杯杯苦涩的
黄河 长江

天涯犹有
未归人
且止不住话匣子
喝吧！喝吧
万里江山
尽在
这一壶中

　　这首诗是20世纪90年代中期的作品，至今读来仍如呼啸的子弹，准确地洞穿我的心灵。按说时隔十数年，诗的技法、语言都会稍显"过时"，会长出一层淡淡的青苔。然而我却固执地认为这是一杯历久弥醇的陈年佳酿，而且经过时间的发酵，愈发香洌。反观时下很多诗作，恕我愚鲁，既不愿也不敢读。如果这首诗可作一面镜子的话，那么它不仅能使不少"诗作"原形毕露，而且也能折射出优秀作品特有的熠熠光彩。

由此，我试图归纳出我对一首好诗的品评标准：

一、感情真挚，不无病呻吟，更不装腔作势。时下之诗我不敢读的一个重要原因就是强烈地感到"诗"是被"造"出来的，而绝非从心灵深处感情深处自然"流"出来的，所以，僵硬、呆板、空虚之诗才四处招摇。像《怡园茶话》，倘无浓郁的乡愁情结，怎能如此流畅清新？诗言志，心若无志，何处来诗？

二、极富古典情韵，民族性的烙印格外鲜明。与当下很多欧化倾向明显的诗作不同，这首小诗既符合汉语言文化传统，又能唤醒读者的古典情怀。"茶"原本就是民族文化中积淀着丰厚意蕴的原型意象。"两岸啼不住的/猿声""一杯杯苦涩的/黄河 长江""万里江山/尽在/这一壶中"等句，词语组合上，意义表达上，抒情方式上，表现手法上，无一不带有鲜明的汉语传统印记。"越是民族的越是世界的"，唯有将汉语的文化传统继承并发扬光大，我们的诗才能获得救赎。

三、语言灵动明白却又充满暗示性。卞之琳先生在《雕虫纪历自序》中说："我自己着重含蓄，写起诗来着重暗示性。"中国古人就很讲究"为文宜曲，做人宜直"，语言虽则极尽委婉曲折之能事，却又绝不肯晦涩，绝不肯玩无聊的文字游戏。高明的诗人恍如神奇的魔术师，能用最简单的文字拼接剪辑成意蕴深远、言近旨远的佳作华章。你看这首小诗，何尝有一个生僻字，又何尝有一个字直抒胸臆？然而真情浑如风行水上，虽了无痕迹，但水面涟漪层层。浅近的文字中暗涌的却是丰富的意蕴。轻灵的文字，繁复的暗示，使通俗的语言极富张力。倘晓畅的文字背后站立的是空虚贫乏的思想，有何情趣？

以上三点实属常识，然而必须回归常识，才能克服装腔作势、言必称希腊的浮躁病。无法拨动读者心弦的诗作，如何才能取得读者的认同？这首小诗的作者并非大家巨匠，然而我以为还是为当下的诗人们做出了样板。

这样的家长能教出什么样的孩子？

场景一：一位慈母为读寄宿制学校的孩子买来肯德基，孩子吃得津津有味，又猛灌了一口可乐，才想起让母亲吃，但母亲说："妈妈不吃，买来就是给你吃的。"

场景二：政教处传来激烈的争吵声。原来，一个孩子上课捣乱，与老师发生争执，拒不听从教导。家长到校后反而责怪老师不懂孩子的性格，责任在老师，况且既然是孩子，犯错误也再正常不过，学校何必小题大做。

场景三：一位高一的学生，屡次违反学校的规章制度，打架、抽烟、爬围墙、上网、旷课，几乎"无恶不作"。班主任多次做工作，均徒劳无功。无奈，学校召家长至校，要求家长给孩子换一所学校。那位母亲先是泪流满面，继而苦苦哀求。"他从小就这样，野马一样。我也不指望他考上大学，拜托老师再管他两年，高中毕业年龄大了，他可能就懂事了。就这一个孩子，现在离开学校，会毁得更快。"学校最终同意了她的请求，但只过一周，孩子又用新买的手机招来校外人员群殴——学校三令五申禁止学生使用手机的。

这三个场景出自现今中国的一些中小学，这些寻常画面背后却折射出中国目前一些家庭教育问题。

一、重身体，轻心灵。场景一也许还不是最典型的。给孩子送牛奶、送水果的不消说，我们还常见家长提着保温桶，给孩子送来各种热气腾腾的煲汤。可我们看到几个家长给孩子送书？也许有，送的也无非是"题典""大全""攻略"一类使孩子不堪重负的教辅资料。国学著作、经典美文等足以移情足以充实心灵的书籍何在？还有最起码的感恩之心。孩子狂嚼肯德基时，根本无视母亲的存在。在他心里也许早就有了一个定式：这些都是父母理当为我准备的。据说在韩国，孩子们每顿饭前都先要感谢父母给他们这餐饭。与他们相比，我们的孩子真的是太优越了，可是这种优越感能持续多久呢？真的能给孩子带来福音吗？没有书籍的滋养，缺乏必备的感恩之心，这样的孩子一旦心灵贫瘠，体魄再强健又有什么意义呢？鲁迅之所以弃医从文，就是因为他看到了国民心灵的干涸枯萎，他要以文唤醒沉睡麻木的灵魂。时至今日，我们的孩子难道还要成为那个时代国民的再版吗？

二、重赏识，轻惩戒。场景二中的家长之所以大义凛然地站在孩子的立场上，不惜与老师争执来维护孩子的过错，就是因为在他心里"是孩子就会犯错"，身为老师应多去赏识孩子。"孩子会犯错误"自然是常识，但他只知其一不知其二，学校既允许学生犯错误，更要为孩子纠正错误。犯错误不可怕，可怕的是百般狡辩抵赖。每个孩子都有个性，尤其现今一些孩子心理更是脆弱，听不得重话，听不得批评。所以很多家长都说："我那孩子是个顺毛驴，给他来硬的不行，老师能不能多表扬呢？那样效果可能更好。"曾几何时，"赏识教育"大行其道，四处布道，几乎淆乱了视听，让每个家长都误以为唯有"赏识教育"才是孩子成才唯一的正确道路。其实回到常识，一朵花打扮不出整个春天，万紫千红才是春。赏识教育只是一条科学高效的施教原则，但绝不会放之四海而皆准，更不能包打天下。苏联教育家马卡连柯谆谆告诫我们：园丁进花园不仅要带着洒水的喷壶和肥料，也别忘记锄头和剪刀。培根说："人的天性犹如野生的花草"。就因为你的孩子是"顺毛驴"，听不得批评，我们就只能"劝哄""赏识"吗？批评、惩戒一旦缺席，教育就会转而变成没有原则的溺爱，孩子的心灵深处也许就会稗草横生，藤蔓疯长。没有必要的修剪，孩子的天性何时才能摆脱野性趋向健康呢？

三、重感性，轻理智。我们坚信，场景三中的母亲为孩子倾注的真情付出的辛劳比一般母亲要多。毕竟她的独生子是如此的难以驯服，而懂事的孩子肯定可以让家长省去许多烦恼。可这位母亲可悲之处在于：任她泪流干，心操碎，孩子愣是不领情，不改变，甚至于变本加厉。你看，孩子的问题一波未平一波又起，就在这个节骨眼上，他又提出要买手机，而这位母亲竟然荒唐地满足了独生子的无理要求和过分的虚荣心。这种既践踏学校规定，又助长孩子歪风邪气的做法，在这位母亲眼里也许很合情理。可以说，在孩子16年的成长过程中，这位母亲出自母性的力量，为孩子遮挡了太多的风雨，做出了太多越俎代庖的事情。她的一切付出都是那么自然，那么无怨无悔。从始至终，她都没有认真地理性思考过。迷失在母爱的雾霭中的母亲，甚至连将儿子塑造成什么样子的起码价值期待都没有。而孩子正好利用母亲的爱，有恃无恐，怙恶不悛——或者毋宁说正是母亲的爱才将孩子一步步推向深渊。要之，天下为人母者须知：真挚辛酸的泪水，蜻蜓点水式的说教，对孩子的教育恐怕都是无效劳动。

而且在当下，家庭教育的重任越来越多地落在了母亲肩上，父亲退而居其次，母亲成了家教的主角。这对孩子、对学校、对家庭、对社会都可能带来不可估量的损失。弗洛姆在《父母与孩子之间的爱》中指出："母亲的作用是给予孩子一种生活的安全感，而父亲的任务是指导孩子正视他将来会遇到的种种困难……父爱应该使孩子对自身的力量和能力产生越来越大的自信心。"所以，缺乏父爱的孩子只会依赖，只会躲避退缩，而母亲正是最恰当的避难所。

父母是孩子的第一任老师，教育的责任也绝对不只在学校，家庭与社会对培养塑造孩子同样义不容辞。家庭教育应是孩子成长的第一环节，如果这个环节就问题多多，学校教育也最终束手无策。教育如农业，让每粒种子都发芽、抽穗、成熟殊为不易，父母不是只挥汗如雨地辛勤耕耘就能确保丰收的。倘使孩子毁于父母的爱岂不可怜可叹？这些"中国式妈妈"的悲剧还要延续到什么时候呢？

孩子，你为什么要逃避学习？

在课堂上，为数不少的孩子或昏昏欲睡，或心不在焉，或东张西望，或小声嘀咕，甚至还有读低级书刊的，有无所顾忌说笑打闹的。在校园里，五颜六色的男孩女孩轻嗑瓜子随手抛洒瓜子皮，所到之处垃圾如同一朵朵恶之花随处绽放，还有追打不辍破口大骂者，举止轻狂粗野者更是令人大跌眼镜。田边路畔，常见三五成群的少年，叼着烟卷，吞云吐雾，自以为潇洒。街头网吧，更被少不更事的懵懂少年占领，他们沉湎于网上的暴力游戏，一边狂喷污言秽语，一边陶然其间。

孩子，你怎么了？妈妈的目光是那么无奈和伤心，你全然不顾；爸爸的叹息是那么凝重和悲凉，你全然不顾；老师的教诲是那么诚挚和真切，你全然不顾。也许你可以对亲人的叮咛置若罔闻，也许你可以把师长的谆谆告诫当成耳旁风，但你未来的人生之路该怎样独自行走呢？毕竟，你要有属于你自己的生活方式和生活空间，要用自身的行为素质和人文素质安身立命呀！

你说你学不会书本上的知识，所以你逃避校园。那么我问你："是你真的学不会呢，还是你根本就没打算学，不肯下功夫学呢？"人的智力并没有太大的差异，学习的好坏，全在后天的努力。你是在为偷懒找借口吧。培根说："人的天性犹如野生的花草，读书学习可以修枝打杈。"你真的不希望革除身上的缺点和不足吗？我很高兴看到你痛痛快快地玩，但我更希望看到你全神贯注地学。最不负责任的和尚还要完成撞钟的使命呢，而你竟然连钟都没有兴趣撞了，你的责任感哪儿去了？愚蠢者挥霍生命，并自以为这才是生命的本来意义；贤达者珍惜生命，并在辛勤的工作学习中享受生命的无限乐趣。有多少浪子，在生命的尽头都有说不完的后悔，孩子，你要把忏悔和自责留到什么时候呢？

你说功课压力太大，所以你要另找方式潇洒。校园这座知识的圣殿什么时候成了消磨你青春的牢笼？是的，学习是苦，学习更累，我们古人就承认学习是一件苦差事——十年寒窗苦哇。可是还有一句老话说"书中自有黄金屋"呀，用现在的说法就是，书中自有谋求生计的手段。"要抬头，先埋头"，没有埋头苦干，怎么会有抬头做人的那一天呢？你现在不学无术，认为知识无用，那么你在未来激烈竞争的社会中如何求得立足之地呢？越是愚蠢的人越是轻视知识的力量。爱因斯坦说，一个人的智力背景越是广阔，他办事就越是游刃有余。智力背景的形成只能靠读书学习，所以有人提醒我们说："读书可以医愚。"如今，你是一名学生，你的任务就是学习，不要给自己找那么的理由逃避，否则，你就像战场上的逃兵一样可耻，缺乏责任感和进取心的人永远都是让人不齿的懦夫，是精神上侏儒。

　　孩子，你拥有如诗如画的花样年华，但"人生苦短，譬如朝露"，你不是爱听流行歌曲吗？"爱拼才会赢""不经历风雨，怎么能见彩虹"表达的是什么意思，难道你真的不懂吗？你现在如同一株小树苗，正该如饥似渴地汲取知识的营养，这种营养正是你强身健体的必需品，没有它的滋补，你的生命就会枯萎，你的人生将会失去光辉。

　　孩子，每个人都有一片海，自己不扬帆，谁能替你启航？

孩子，我为什么打你？

难得的冬日暖阳将温暖洒向人间。

在这样的好日子里，我打了你，我五岁半的儿子。你哭嚎着，妈妈指责着我，而我心里也塞满了难过。走在冬阳里，我心里灰暗极了。

因为你懒床。时针已指向7点了，多次叫你，你却连眼都不愿睁。给你穿衣服时，手都不想抬，身体更如软面条一样。一再提醒你快迟到了，你却置若罔闻。虽然我知道，让你这么大一点儿的小人就严守时间，恰如骆驼穿针眼。但我的心还是被愤怒之火灼烧着，于是，再次警告无效后，我挥起了巴掌。

听到妈妈为你说情，你哭得更猖狂了。我再次扬起了巴掌。

妈妈唠叨着，你哭嚎着，我则甩门而去。走在路上，我想，孩子，这个清早我打了你，但我绝不后悔，因为：

一、你一贯睡懒觉，如果不给你一个教训，你将持续到什么时候。晚上贪玩不睡的是你，早晨唤醒却双眼紧闭的还是你。不吃一点苦头，你的坏习惯不会改变的。

二、错本在你，落后即挨打这是硬道理，你却不能正视错误，妄图倚仗妈妈的势力掩盖错误。你早就背过《论语》中的名言"过则勿惮改"，可为什么自己犯错时却又将它抛之脑后呢？要知道，言行分离是人一辈子最要不得的。

三、平素你无忧无虑，全家上下无不对你疼爱有加，对你的要求（哪怕有时并不合理）都尽量满足你，没有吃过苦，没有受过罪。可是，孩子，生活的常态不是这样的。以后的漫漫人生路上，你面临的困难挫折多的是，你不要指望任何人都只能给你最灿烂的笑容。未来有很多的问题需要你自己来扛，妈妈再溺爱你，也不能陪你到永远。

打了你，还要讲这么多兴许你以为霸蛮的理由，并不是请你原谅——

尽管此刻我心里很难过,但仅此而已,绝不是后悔,而是帮你认识问题。如果这两巴掌能让你的心智进步一点,我都为你高兴。

　　顺便告诉你一个残酷的事实真相:生活中,很多痛苦和困难来临时,它们是不与你讲任何道理的,你唯有乖乖地承受。

我是教师，我忏悔

女儿两三岁时，见到一列火车呼啸而过，便一脸严肃地感叹道："火车真长呀，比我的长筒袜还长呢！"我不由大笑。这真是高级幽默，她小小的脑袋瓜子里面竟蕴藏着如此灵动的创造力。女儿6岁时已读二年级，再次见到长长的列车时，却无法再用鲜活的语言描述其长了。她奇特的想象力、丰富的创造力躲到哪儿去了？如一座火山，是休眠了，还是死掉了？我心中充满悲凉。女儿经过教育洗礼后，的确变得老成了，懂事了，可为此她付出了惨重的代价。

教育本该是阳光雨露，将孩子的心灵润泽得生机盎然才对呀，可什么时候竟变成了风刀霜剑了，无情地将葱郁的万物摧残。我也是教师，我又培育出了怎样的花朵呢，是灿然绽放的还是蔫头蔫脑的？

假期回老家，许多人都在拿老师的毛病说事：明令或暗示家长请客啦，直接或间接索要礼物啦，向学生推销教辅资料啦（据说有一次卖给学生的资料与课本内容完全不相符）……总之，教师的收入已不算很低了，可还是变着法赚学生的钱。我的脸像被无情地掴了两巴掌一样，火辣辣的。我惭愧，身为教师，我也曾半推半就地赴过家长的宴，也曾笑纳过家长的礼物，甚至也曾利用"太阳底下最光辉的职业"为自己谋取过蝇头小利。还有补课，劳民又伤财，表面上看是抓紧时间，实则人为地加剧了学生的压力和紧张感，高额的补课费中一部分落入老师的腰包。

据报载，老师体罚学生竟到了无以复加的地步：让学生互扇耳光，逼学生从楼上跳下，迫使学生用小刀刮自己的脸皮……每次看到相关报道，我就深深地反躬自省：我体罚过学生吗？我的嘲讽揶揄多少次重创了学生对知识充满渴望的心灵？我又曾忽视了多少个学生的真知灼见呢？我是不是真正关注呵护过每一个善感的灵魂？

身为教师，我深深地忏悔，每一次看到或听到人们指责教育批评教师，我都神经质地感到自己就是那罪魁祸首。马加爵事件不仅是法律层面的问题，学校和教师有多大责任我不敢说，但我敢肯定，类似事件还会重演。

　　近年不断有人对教育口诛笔伐，作为教师，我还有什么理由辩白？板子不该打到我的屁股上吗？我忏悔，在"学高为师，德高为范"的光芒下，我灵魂深处还有多少"小"没有被榨出来。

批评须经过思想的过滤

班主任既是传授知识的布道者，又是班级的直接管理者，身兼二职，工作自然辛苦。如果班里再有几个不守规矩的学生——事实上，哪个班级总是平安无事呢？——班主任就会更加忙得不可开交了。繁重的工作，烦躁的情绪，如同两座大山压得班主任们喘不过气来，于是批评起学生来就少了几分思量琢磨，于是有四种批评的声音就会频繁地回荡在教室上空，萦绕在学生耳畔。

其一：辱骂式。学生闯祸，领导批评，班主任的心中自然有万丈怒火在熊熊燃烧，于是乎"我怎么教出你这样蠢猪一样的学生""你不配做我的学生，你给我滚出教室"之类的话就会决堤而出。学生会怎么想？"哼，还老师呢，竟然这样出口成脏。"他们更可能的选择是和班主任对着干，改正的概率肯定不会大。许慎在《说文解字》中如是说："教，上所施下所效也。"老师粗暴的语言为学生做了一个多么糟糕的范例！

其二：威胁式。屡教不改的同学确实很让人头疼，也许曾和风细雨地教诲过，也许曾金刚怒目大声呵斥过，甚至也许曾拉拢过收买过，但该同学始终油盐不进，或者前一秒承诺后一秒重犯，于是班主任愤怒地咆哮："这是最后一次，下次打电话通知家长，把你领回去。"其实，几乎所有问题学生都是身经百战，什么阵势没见过？这样的威胁不仅解决不了根本问题，反而让师生更加隔膜，将学生推向更大的错误旋涡。

其三：明令禁止式。"绝对不能""一概禁止""绝不允许"等字眼经常挂在班主任嘴边，彰显着班主任的话语霸权。其实，从人性的角度看，犯错误是不可避免的。前人说"人非圣贤，孰能无过"，这话也未必正确。"加我数年，五十以学易，可以无大过矣。"（《论语·述而》）这说明圣明如孔子即使到了知天命之年，还会犯错误，我们怎么可能让一个十几岁的孩子不出问题呢？或许这样的狠话说出口后，胸中块垒顿消，但快意恩仇似的江湖做法于教育学生岂非背道而驰吗？

其四：反诘式。"你怎么总是""你为什么不能""你就不会"，这样的反问句比陈述句更强烈，申斥、厌恶的语气更令人难以接受，在青春期逆反情绪疯狂滋生的中学生那里，无论如何是找不到共鸣点的。很多时候，教育就是一种心灵的呼应，一种双向的互动，倘百呼不应，只是单向度地说教，其效果可想而知。

有道是"良言一句三冬暖，恶语伤人六月寒"，诚如西汉刘向在《说苑》中所言："口者，关也；舌者，机也。出口不当，四马不能追也。"身为教育者，不能只图口舌之快，尤应注重教育效果，因此，我们能否用相对缓和的语气或句式与学生沟通呢？

首先，换一换思考问题的角度。"你听我的"换成"我们来沟通一下""你可别后悔"换成"你不再考虑一下吗"，"你给我小心"换成"你还是谨慎些好吧"。酒可能没变，但装酒的瓶子变了，飘进学生耳中，流入学生心中，效果就可能发生质变。同一种意思，可能的言说方式有很多，然而，不幸的是我们往往不肯细加斟酌，做出的偏偏是最糟糕的选择。批评是一把双刃剑，你在毫不留情地砍向学生的同时，自己也可能被伤得鲜血淋漓。由强调"我"，到关注"你"，换成温柔一刀，会不会是个双赢的结局呢？

其次，乐道人之善。中国的孩子在自我评价时常常会在放大镜下用挑剔的眼光，将自己批得体无完肤，那份纯真，那份自信，那份青春的自豪感荡然无存。法国哲学家狄德罗曾说：如果说人是高尚与卑鄙，伟大与渺小的结合体，那不是在贬低人，那是在给人下定义。既然人性如此，我们何必苛责学生？即便是问题学生，真的就一无是处吗？《礼记·坊记》载："善则称人，过则称己，则民不争。"对很多学生而言，赏识也许是一把开启心门的钥匙。

第三，真诚地为学生指明改正的方向。学生出了问题，老师很着急，可能我们搞错了，真正苦恼的是学生自己。起码的是非对错，稍有常识的孩子还是有能力辨别的，但惯性的力量推动着，加之无从知晓正确的方向，所以错误就不可避免地一再发生了。《圣经·箴言》中这句话对我们很有启发："污秽的言语一句不可出口，只要随时说造就人的好话，叫听见的人得益处。"一旦我们能降低姿态，放下架子，耐着性子，帮学生分析错误的症结，找出解决问题的方法，痼疾就可能被治愈。

要之，唯和颜悦色才能体现教育者的真诚与爱心，如果假关爱和责任的名义对学生施加语言暴力，则教育对施教者和受教者双方都是一件痛苦的事情，毫无快乐可言。批评，体现着教育的深层智慧，倘不经过思想的过滤，脱口而出，有何裨益哉？

于细微处见真情

——《记念刘和珍君》细节描写赏析

《记念刘和珍君》通篇燃烧着悲与愤的火焰——悲爱国青年之惨死,而愤杀人者及其帮凶的残暴无耻。如何将这两种情感最充分地传达出来,并拨动读者的心弦,应该是鲁迅先生构思本文时着重考虑的问题。我以为有两处细节描写为这团火焰的剧烈燃烧起了添柴加油的作用,足以烛照出先生的匠心。

一处是"反复细节"。在"三""四""五"部分中,一向惜墨如金的鲁迅先生居然四次用几近雷同的笔法写道:"但她却常常微笑着,态度很温和""也还是始终微笑着,态度很温和""况且始终微笑着的和蔼的刘和珍君""始终微笑的和蔼的刘和珍君确是死掉了"。"微笑、温和、和蔼"的刘和珍君何以是暴徒?更何至于无端在府门前喋血呢?作者精心设计的这个反复细节如同电影特写镜头在读者的脑海里缓慢地滚动放映,感情密度大,冲击力强,将悲愤之情最大限度地传递出来。倘缺少了这一处反复细节,艺术表现力势必削减大半。

另一处是"再现细节"。在"五"中作者极尽细腻刻画之能事,生动而又细致入微地再现了三位女性的死状。文章不厌其细地说:"(子弹)从背部入,斜穿心肺,已是致命的创伤""(张静淑)想扶起她,中了四弹,其一是手枪""(杨德群)又想去扶起她,也被击,弹从左肩入,穿胸偏右出,也立仆""一个兵在她头部及胸部猛击两棍,于是死掉了",其中加点词语读来真如先生是现场的目击者,刽子手杀人的全过程乃至每一个动作,先生都根据后来的尸检再现得毫发毕现,精确之至。当然也可以避免麻烦,只用简笔,三言两语一笔带过,但那样又如何能突出杀人者的残暴,如何能强烈地激起读者情感的波澜呢?此一处"再现细节"虽是"血淋淋的残酷",但却将作者心中的万丈怒火熊熊地点燃起来,炙烤着读者的心灵和情感，令人如鲠在喉，忍不住拍案而起，横眉冷对直斥杀人者。

　　以上两处细节描写，绝非偶然而为之，显然是鲁迅先生独抒机杼精思傅会的结晶。尤令人赞叹不已的是作者虽有如此高超的妙手点染，却了无斧凿痕迹，正可谓"清水出芙蓉，天然去雕饰"，非大家莫能为也。

管营形象初探

——《林教头风雪山神庙》人物探微

在《林教头风雪山神庙》中，主人公林冲性格鲜明，富有变化，这自然得力于施耐庵雄健的笔力和精湛的艺术修养。在腾挪跌宕的情节中，用浓墨重彩的笔法，塑造出像林冲这样一个"圆形人物"，自是不易。而对像管营这样一个"跑龙套"的小角色，施公虽则惜墨如金，却亦能将其形象鲜活地呈现于读者面前，最为难得。

文本中，管营直接露面仅有两次。一次是在李小二的店中。当陆谦要李小二到牢城营中"请管营、差拨两个来说话"时，管营道："素不相识，动问官人高姓大名。"而后见到高太尉书信，四人便推杯换盏，密设毒计，欲置林冲于死地。此处需注意：管营即使与陆谦素不相识，却也能一请即到，看来此公吃请多矣。下辖众多人犯，假公济私的暗箱操作断然不会少做。再者，这位管营老爷性格谨慎内敛，言辞亦文雅可观，不似那种嚣张跋扈之徒。西谚有云"咬人的狗多是不叫的"，用来形容此君，极为恰当。此类人一旦咬准，必欲置于死地而后快。

另一次是出现在密谋之后的"第六日"。"只见管营叫唤林冲到点视厅上，说道：'你来这里许多时，柴大官人面皮，不曾抬举你。此间东门外十五里有座大军草料场，每月但是纳草纳料的，有些常例钱寻觅，原是一个老军看管；如今我抬举你，去替那老军来守天王堂，你在那里寻几贯盘缠。你可和差拨便去那里交割。'"言为心声，这番话正如一面明镜，清晰而真实地照出了管营的面目。首先，他是惯于徇私枉法之辈。"柴大官人面皮，不曾抬举你"，看来他要抬举照顾哪个人犯，绝不是看人犯的个人表现，而要看某些人的"面皮"，此举置法律法规于何地？其次，他是贪赃枉法之徒。"每月但是纳草纳料的，有些常例钱寻觅""你在那里寻几贯盘缠"，既然开口闭口都是钱，此君自然是名利场中人，必精于此道，若得此肥缺，恐怕孝敬于他的散碎银子不会少吧。最后，他还应是一个心思缜密阴狠毒辣之人。"此间东门外十五里有座大军草料场"，"十五里外"，地处偏僻,人烟稀少,在此间杀人,神不知鬼不觉,实为理想的修罗场。在牢城营里动手虽无不可,只是人多眼杂,难免走漏风声,或有辱"清名"。况又是"大军草料场",干系重大,与后文中差拨的话"便逃得性命时,烧了大军草料场也得个死罪"相联系,读者自会在脊背生凉之余,暗叹管营用计之精深老到。

不仅如此,管营的暗中活动也有两处应引起读者注意。首先,我们知道,林冲"去街上买把解腕尖刀,带在身上,前街后巷一地去寻"之时,"牢城营里都没有动静",果真如一潭死水吗?不,我们分明感到林冲所到之处,总有一诡秘的眼睛一刻也不放松地盯着他。所以就在林冲"寻了三五日,不见消耗,也自心下慢了"的"第六日",阴谋发动。为何不谋定即动?须知身带尖刀的八十万禁军教头,哪个敢惹?况且此时的林冲精神高度集中,稍有破绽,岂不是"反误了卿卿性命"?由时间的精心选择可见管营是多么工于心计,算无遗策——林冲的一切举动尽在管营的洞察之中。"敌进我退,敌疲我打",瞅准机会,该出手时就出手,自会一击必中。其次,我们来关注山神庙前三位凶手看火时的对话。正是这位管营一手织就了这张阴谋之网,而且他更可怕之处还在于并不亲临现场。虽则巴结高太尉心切,但他深知林冲的能耐,所以只是隐身幕后,事成则可邀功,事败又有退路,如此深谙进退之法,此人修为不凡。而最后的结局也正好衬托出他的高明与奸狡——四人之中,三位横尸庙前,唯有此君得以保全性命。

在一部长篇中,将主人公刻画得面目生动如在眼前,是作者苦心经营精心打造的结晶,而能兼顾配角,将其塑造得如此毫发毕现,则足见作者炉火纯青的艺术造诣。施公腕力,可透纸背,可圈可点,可赞可叹。一部《水浒传》,对主角津津乐道者多,认真梳理勾勒管营之类小角色形象者实少。倘细加解析,亦收益不殊。

以陌生化手法避免"套板反应"

朱光潜先生在《咬文嚼字》中鲜明地指出了遣词造句的一大流弊是"套板反应"。他说:"联想起于习惯,习惯老是喜欢走熟路。熟路抵抗力最低,引诱性最大,一个人走过,人人就都跟着走,愈走就愈平滑俗滥,没有一点新奇的意味。""就作者说,'套板反应'和创造的动机是仇敌;就读者说,它引不起新鲜而真切的情趣。"中学生的写作实践中就存在着很多俗滥的表达,如何引领他们走出"套板反应"的怪圈呢?我觉得,可以应用文学评论中的陌生化理论,使语言表达以崭新的姿态出现,对视觉形成强大的冲击力。

所谓"陌生化",即指不断嬗变我们对精神和物质世界既定的熟悉感受,摆脱习以为常的惯性化的思维制约,采用创新的方式,使人们即使面对熟视无睹的事物也能够有新的发现,从而缓解甚至彻底走出审美的疲劳状态。它成熟于俄国形式主义理论家什克洛夫斯基,后在文学的诸多领域运用,发挥了独特的作用。其意义在于瓦解艺术形式和语言方式运作上的自动化和心理上的惯性化,重构我们对世界的感觉,把与实际生活完全不同的艺术的另类现实展现给我们。

以此理论为指导,我们可从如下方面入手,摆脱"套板反应"的约束:

其一,主客体倒置。

【例句】①苍山负雪,明烛天南。(姚鼐《登泰山记》)

②这古园仿佛就是为了等我,而历尽沧桑在那儿等待了四百多年。(史铁生《我与地坛》)

【赏析】在例①中,本是雪压苍山,可作者却巧妙地将被动的苍山放在主动的位置上,化静为动,不禁令人击节赞赏。例②中的古园本是客体,可作者为了突出地坛公园在自己生命历程中的作用以及对自己的启示,反客为主,说古园在等我。主客体的变化使这两个句子别具一格,令人难忘。

其二，虚实错位。

【例句】①雨后的青山如泪洗过的良心。（琦君《泪珠与珍珠》）

②他的一生是短暂的，然而也是饱满的，作品比岁月还多。（雨果《巴尔扎克葬词》）

【赏析】比喻一般是用具体事物比喻抽象陌生的本体，而在例①中，琦君却自出机杼，以抽象的"良心"作喻体来描绘"雨后的青山"，不仅写出了山在雨后的清爽，更写出了泪水对形成良心的作用，可谓一箭双雕。例②中"作品"与"岁月"一为具体，一为抽象，本不具有可比性，但一经嫁接，顿时让人感受到巴尔扎克作品的伟大与不朽。

其三，巧用变式句。

【例句】①"你放着吧，祥林嫂。"（鲁迅《祝福》）

②"她一手提着竹篮，内中一个破碗，空的；一手拄着一支比她更长的竹竿，下端开了裂。"（同上）

③"怎么了，你？"（孙犁《荷花淀》）

【赏析】例①中正确的语序本是"祥林嫂，你放着吧。"倒装后，突出了四婶见祥林嫂捐过门槛后主动拿祭器大为恐慌，先要祥林嫂放下祭器，强调了四婶紧张而又急迫的心情。例②中的"空的"和"下端开了裂"都做定语，可它们挣脱了语法的约束，都跑到所修饰的名词之后，自然有强化之意，使读者对祥林嫂的窘境有更强烈的印象。例③用变式句亦是取决于当时的语境，写出了水生嫂的细心与对丈夫的关心体贴，倘用常式句岂不平庸？

其四，语法结构的超常规搭配。

1. 主谓语的超常规组合。如：

①凌晨四点醒来，发现海棠花未眠。（川端康成《花未眠》）

②鱼翔浅底。（毛泽东《沁园春·长沙》）

③它的目光被那走不完的铁栏缠得这般疲倦，什么也不能收留。（里尔克《豹》）

例①中"海棠花未眠"虽为常识，但又有谁说过？所以备觉新鲜。或许《红楼梦》中一句"只恐夜深花睡去"是它的本源吧。例②诗人把写飞鸟的"翔"字迁移到鱼上，主谓搭配虽越了雷池，但鱼儿自由自在地游弋之状却尤显生动。例③句的主干是"目光被缠得疲倦"，显然这个组合超越了常理,但将笼中豹经长期羁押而改变了野性的悲凉传达得非常精到。

2. 主语和宾语的超常规组合。如:

①秋蝉的衰弱的蝉声,更是北国的特产。(郁达夫《故都的秋》)

②悄悄是别离的笙箫(徐志摩《再别康桥》)

③我达达的马蹄是美丽的错误(郑愁予《错误》)

"蝉声"而曰"特产",实为神来之笔,将故都的蝉声之盛可谓写尽了。"悄悄"是一个抽象的副词,本没有资格作主语,可诗人却妙手偶得,以暗喻的手法,借"别离的笙箫"传达出离别之际的无限落寞,使离愁别绪愈发浓得化不开了。例③的主干是"马蹄是错误",这个超常规的搭配与诗的下句"我不是归人,我是个过客"贯通,强化了等待的女子久等而不得的苦闷与彷徨,增强了诗的悲剧色彩。

3. 动宾反常搭配。如:

①我是你河边破旧的老水车,千百年来纺着疲惫的歌。(舒婷《祖国啊,我亲爱的祖国》)

②去国十年,老尽少年心。(黄庭坚《虞美人·宜州见梅作》)

例①"纺"与"疲惫的歌"动宾反常搭配都显得新颖别致,将新一代青年对祖国的那种复杂的感情暗示得格外深沉,表达得非常到位。例②中的"老"化形容词为使动词,写尽了离开故都十年之后蓄满于心的沧桑、疲惫与无奈无助之叹。

4. 附加成分与中心语反常搭配。如:

①我将深味这浓黑的悲凉。(鲁迅《记念刘和珍君》)

②翠翠看着天上的红云,听着渡口飘来乡下生意人的杂乱声音,心中有些儿薄薄的凄凉。(沈从文《边城》)

③给每一条河每一座山取一个温暖的名字。(海子《面朝大海,春暖花开》)

例①中用表示色彩浓度的"浓黑"来修饰抽象的"悲凉",既强化了悲凉的程度,又化抽象为具体。例②中的"薄薄"一词本是修饰具体可感之物的,一旦与"凄凉"这种情绪对接起来,就让人立刻感到少女莫名的浅浅的忧伤与惆怅。而在例③中,诗人巧加拈连,以"温暖"来修饰"名字",殊出人意料,为读者带来了全新的艺术感受。以上这些附加成分与中心语的搭配都是以具体可感的形容词(有时也可用量词)修饰抽象的名词，从而获得一种变静为动化陈腐为神奇的表达效果。

其五，精心选择锤炼动词或形容词。

【例句】①（爆竹声）似乎合成一天音响的浓云，夹着团团飞舞的雪花，拥抱了全市镇。（鲁迅《祝福》）

②还有几位"大师"们捧着几张古画和新画，在欧洲各国一路的挂过去。（鲁迅《拿来主义》）

③像花而又不是花的那一种落蕊，早晨起来，会铺得满地。（郁达夫《故都的秋》）

【赏析】例①"拥抱"一词生动形象地写出了新年祝福的热闹氛围，与祥林嫂之死形成鲜明对比，留给读者深刻的思考。而例②"捧"和"挂"两个动词则巧妙地采用漫画式的笔法，将送去主义者奴性十足而又自以为是的特点活画了出来。例③"铺"字似有人刻意而为，实则既暗示出落蕊之多，又委婉地传达出作者淡淡的喜悦。

由此可见，古今中外的名家大家在遣词造句的时候绝不肯轻易落笔，他们匠心独运，精心筛选，以产生"言有尽而意无穷""不著一字，尽得风流"的表达效果。老杜的"语不惊人死不休"，卢延让的"吟安一个字，捻断数茎须"，韩愈的"唯陈言之务去"……大概都阐明了使语句获得最佳表现力的重要性。那么，摆在我们面前最大的拦路石无疑是"套板反应"，或许，陌生化的手法有助于我们搬开它。一位诗人在谈创作时不无戏谑地说："一篇文章中须有若干个病句。"我想他说的"病句"大概指的是那种超越语法约束的超常规搭配吧。倘无这些"病句"吸引读者的眼球，每个句子都循规蹈矩的，谁耐烦看呢？

然而，要娴熟地运用陌生化用法却又并非易事，它需要我们有灵活的创造性思维，思维一旦走了老路，词句就极容易陷入套板反应的泥淖难以自拔。所以，中学生要提高自身的表达能力，必须先训练思维，提升思维的品质，多在求异思维上下功夫。文中所谈的陌生化手法仅限于技术层面，而绝代替不了个人的能力与素养——毕竟，语言是思维的物质外壳。